Checker Tobi

Der große UMWELT-Check

KLIMA, WALD, WASSER:

Das check ich für euch!

Geschrieben von Gregor Eisenbeiß

cbj

Checker TOBI

Der große UMWELT-Check

HEY LEUTE!

Umwelt und Umweltschutz sind zur Zeit ja überall ein Riesenthema. Höchste Zeit also für mein Superhirn Roberta und mich, darüber mal ein Checker-Buch zu schreiben!

Was die Umwelt überhaupt genau ist? Na, irgendwie alles. Alles, was um euch herum ist, ist die Umwelt. Was ihr seht, hört, riecht oder schmeckt – aber streng genommen auch eure Familien und Freunde, Häuser, Autos oder Straßen. Allerdings meint man, wenn man von Umwelt oder Umweltschutz spricht, vor allem die natürliche Umwelt, die es auch schon vor den Menschen gab: also zum Beispiel Erde, Wasser, Luft, Tiere oder Pflanzen.

Ihr merkt also, unsere Umwelt ist ziemlich groß.

Ziemlich groß und ziemlich großartig! Denn egal ob Wasser, Tiere, Menschen oder Pflanzen: Alles hängt miteinander zusammen! Die Umwelt ist wie eine riesige natürliche Maschine, in der alle Rädchen ineinandergreifen und alles sich gegenseitig am Leben erhält: **ein natürlicher Kreislauf.**

Leider ist diese „Maschine" aber auch ziemlich empfindlich: Wenn ein Rädchen kaputt ist, hat das Auswirkungen auf alle anderen Rädchen – also auch auf uns Menschen. Der natürliche Kreislauf funktioniert dann nicht mehr richtig und irgendwann stürzt das ganze System ab.

Damit das nicht passiert, müssen wir alle unbedingt mithelfen, unsere Umwelt zu schützen. **Zum Glück kann aber auch wirklich jeder Einzelne etwas dafür tun.** Wollt ihr wissen, was?

Los geht's mit dem großen Umwelt-Check!

KLIMA

Warum unsere Umwelt so aussieht, wie sie aussieht, hängt vor allem erst einmal mit dem Klima zusammen. Und das Klima ist nix anderes als Wetter über einen langen Zeitraum betrachtet: Also, ob es an einem Ort zum Beispiel das ganze Jahr viel regnet oder wenig, wie oft die Sonne scheint oder wann und wie viel es schneit.

Das Klima ist nicht überall gleich auf der Welt. Bei uns in Deutschland zum Beispiel regnet es das ganze Jahr über immer mal wieder, es ist nicht zu heiß und nicht zu kalt. Wir leben in einem „gemäßigten Klima". Deshalb wachsen bei uns auch sehr viele Pflanzen, Wiesen und Bäume, die das ganze Jahr über Wasser brauchen.

Es gibt aber auf der Welt auch Gebiete, in denen ist das ganz anders. In der Wüste regnet es zum Beispiel fast nie – deswegen wächst da auch so wenig. Und am Nordpol zum Beispiel liegt immer Schnee und Eis.

Warum das so ist und wie man diese unterschiedlichen Gebiete nennt?

Das check ich für euch!

Checker FRAGE?

Was sind Klimazonen?

Man kann die Welt in verschiedene Klimazonen einteilen. Am kältesten ist es hier: am Nord- und am Südpol.

Das ist die polare Klimazone. Da leben zum Beispiel auch nur Tiere, die sich an die Kälte angepasst haben, wie zum Beispiel die Pinguine am Südpol. Mit ihrem dichten Federkleid wird denen auch bei -30 Grad nicht kalt.

Besonders warm wird es dagegen in der Mitte der Erde, am sogenannten **Äquator**. Das ist die tropische Klimazone.

Dort gibt es besonders viel Regenwald, und meistens ist es sehr feucht. An den Rändern der tropischen Zone bilden sich oft Wüsten. Und unsere Klimazone, die **gemäßigte Klimazone**, liegt dazwischen.

Dass es diese unterschiedlichen Zonen gibt, liegt an der Sonne. Weil unsere Erde ja um sie kreist, treffen die Sonnenstrahlen nicht überall im gleichen Winkel auf. Am Äquator treffen sie sehr direkt und steil auf die Erde, weiter oben schon deutlich flacher. Und je flacher sie auftreffen, desto weniger warm wird es.

FRAGE gecheckt!

Deshalb ist es oben an den Polen auch so viel kälter als am Äquator – und in unserer Klimazone zum Glück eigentlich genau perfekt.

Wenn Fachleute über das Klima sprechen, reden sie meistens nicht über das Klima eines Jahres, sondern über einen Zeitraum von mindestens 30 Jahren! Krass, ne? Die Infos musst du ja erst mal alle haben?! Oder weißt du noch, wie das Wetter zwei Wochen vor deinem 3. Geburtstag war? Eben, das kann sich ja kein Mensch merken.

Diese Informationen müssen also irgendwo notiert und gespeichert werden. Bei uns in Deutschland machen wir das zum Beispiel seit über 140 Jahren! Wenn du denkst, dass das schon abgefahren lange ist, kann ich dir verraten: Ja, finde ich auch. Aber es geht aber noch viel krasser!

Beim sogenannten Paläoklima erforscht die Wissenschaft die Klimadaten sogar über einen Zeitraum von mehr als 1000 Jahren! Dabei arbeiten ganz viele verschiedene Forschende, zum Beispiel aus der Physik, der Biologie oder auch Geologie zusammen, um ganz viele Daten zu sammeln, die Hinweise auf die Klimageschichte unserer Erde geben. Und diese Daten zeigen, dass das Klima in den letzten 10.000 Jahren ziemlich gleich geblieben ist.

Seit rund 100 Jahren allerdings ist das ganz anders!

In diesem vergleichsweise kleinen Zeitraum hat sich das Klima überall extrem verändert: Es wird auf unserem Planeten immer heißer!

Woran das liegt?

Das check ich für euch!

Checker FRAGE

Was ist der Treibhaus-Effekt?

Unsere Erde wird von einer Lufthülle umgeben, der Atmosphäre. Weiter oben im Weltraum – da gibt's gar keine Luft. Deswegen brauchen Astronauten auch einen Raumanzug, in dem sie mit Sauerstoff versorgt werden.

Bei uns auf der Erde dagegen, in Bodennähe, haben wir eben sehr viel Luft – und überall dort ist die Atmosphäre. Diese besteht aus verschiedenen Gasen, vor allem aus Stickstoff und Sauerstoff, den wir zum Atmen brauchen. Darüber hinaus gibt es aber auch einen kleinen Anteil verschiedener anderer Gase, wie zum Beispiel den sogenannten Treibhausgasen, die einen wichtigen Einfluss auf das Klima haben.

ATMOSPHÄRE

Das Wort kommt aus dem Griechischen und ist zusammengesetzt:

„atmos" bedeutet Dampf oder Luft und „sfaira" heißt Kugel.

Ihr müsst euch das vorstellen wie bei einem Gewächshaus. Kennt ihr vielleicht: In denen baut man Gemüse an. So ein Gewächshaus ist aus Glas. Die Sonnenstrahlen kommen durch das Glas durch und erwärmen drin die Pflanzen und die Luft. Dabei entsteht Wärme.

Die Wärme kommt aber aus diesem Glashaus nicht mehr so gut raus. Deshalb bleibt es in so einem Gewächshaus auch immer schön warm und die Pflanzen können super wachsen.

So ähnlich funktioniert das Ganze auch mit der Erde. Nur, dass um die Erde natürlich kein Glas drum herum ist, sondern eine Schicht aus Luft und verschiedenen Gasen: eben die Atmosphäre.

Auf dem Weg zur Erde kommen die Sonnenstrahlen durch diese Schicht durch. Die Erde wird erwärmt und Wärmestrahlung entsteht. Und genau wie bei einem Gewächshaus kommt die Wärmestrahlung aus der Atmosphäre nicht mehr so gut heraus.

Verantwortlich dafür sind die Gase in der Atmosphäre. Eine wichtige Rolle spielt dabei unter anderem **CO_2, auch Kohlendioxid** genannt. Das ist ein ganz natürliches Gas, das man fast überall finden kann. Wir selbst atmen es zum Beispiel aus.

FRAGE gecheckt!

Und weil dieser Effekt so sehr an ein Gewächshaus erinnert – und ein Gewächshaus auch Treibhaus genannt wird –, spricht man dabei eben vom **Treibhaus-Effekt.**

Ohne den natürlichen Treibhaus-Effekt wäre es bei uns auf der Erde übrigens saukalt: Es hätte im Schnitt -18 Grad, was echt richtig frostig wäre.

Zu viel Treibhauseffekt wäre allerdings auch nicht gut. Dann würde es auf der Erde zu warm.

Das Problem ist: Genau das passiert gerade! Und schuld daran sind natürlich – na klar – wir Menschen. Denn leider produzieren nicht nur wir Menschen, sondern auch unsere Autos, Kraftwerke und Flugzeuge dieses CO2, sodass einfach viel zu viel davon in der Atmosphäre ist – weswegen sich die Luft und die Erde immer weiter und immer schneller erwärmen.

Neben CO_2 sorgt leider auch noch ein weiteres Gas für den Treibhaus-Effekt: nämlich das Gas Methan. Das wird freigesetzt, wenn Kühe rülpsen und furzen. Ernsthaft! Hier, guckt mal, da hab ich versucht, etwas Methan einzufangen (hat übrigens nicht geklappt).

Im Grunde ist Methan also etwas sehr Natürliches, wie das CO_2 auch. Das Problem dabei sind wieder einmal wir Menschen. Wir züchten nämlich viel zu viele Rinder – also ist auch zu viel Methan in der Luft. Und das nur, damit wir ihr Fleisch essen können!

Wenn wir alle also weniger Burger und Steaks essen würden, wäre der Umwelt schon mal sehr geholfen.

Seit der Industrialisierung, also in den letzten 180 Jahren, ist die Durchschnittstemperatur deswegen bereits um fast 1 Grad gestiegen. Und weil das eben so ungewöhnlich ist, spricht man vom sogenannten **Klimawandel**.

1 Grad klingt jetzt erst einmal nicht viel, aber die Folgen für die ganze Welt sind ziemlich krass, und die Probleme, die das mit sich bringt, sind schon jetzt überall zu spüren.

Welche das sind?
Das check ich für euch!

Checker FRAGE

Wieso ist der Klimawandel ein Problem?

Vielleicht hast du ja schon einmal im Winter einen Schneemann gebaut. Du hast die Kugeln gerollt, vielleicht einen lustigen Hut von Papa draufgesetzt und eine Mohrrübe als Nase reingesteckt. Stolz bist du ins Bett – und am nächsten Tag war leider nichts mehr von dem Schneemann übrig, weil er geschmolzen ist. Es war einfach zu warm.

Und genau so ist das auch mit dem Schnee in den Bergen oder dem Eis an den Polen: Sie schmelzen immer mehr. Jetzt meinst du vielleicht, dass dich das nichts angeht, weil die Pole ewig weit weg sind. Aber so einfach ist es leider nicht.

Denn das Treibhausgas CO_2 kommt nicht nur in der Luft vor, sondern auch in den Meeren. Und je kälter das Wasser ist, desto mehr CO2 kann es aufnehmen und speichern – die Polarregion nördlich des Arktischen Ozeans gilt sogar als größter Kohlenstoff-Speicher der Welt. Das CO2 ist dort für Hunderte bis Tausende von Jahren in tiefen Wasserschichten eingelagert. Wenn diese Eisregionen abschmelzen, setzen sie natürlich auch das gespeicherte CO2 frei, was dann zusätzlich in die Atmosphäre gelangt.

Darüber hinaus sorgt das Schmelzen der Pole noch für weitere Probleme – denn das geschmolzene Wasser gelangt natürlich ins Meer, weswegen der Meeresspiegel steigt. Nicht nur viele Tiere wie Eisbären und Pinguine sind davon bedroht, weil sie ohne das Eis keinen Platz mehr zum Jagen und Leben finden – auch für uns Menschen ist das ein Riesenproblem!

Weil durch das Schmelzwasser der Meeresspiegel immer weiter steigt, können die Städte an den Küsten und sogar ganze Inseln dauerhaft überflutet werden!

Gleichzeitig wird es in anderen Gebieten der Erde immer heißer. Das führt einerseits dazu, dass das Trinkwasser knapp wird, weil die Flüsse und Seen austrocknen, und andererseits entstehen immer mehr Wüsten, weil die Pflanzen verdorren.

Sträucher, Bäume und Gräser sind aber sehr wichtig für den Boden, damit er Wasser speichern kann. Die Wurzeln sorgen außerdem für Halt, sodass die Erde nicht vom Wind fortgetragen wird. Wenn die nicht mehr da sind, wird die Ernte schlechter, Vieh findet nicht mehr genügend Weidefläche, das Land wird immer unfruchtbarer, bis die Menschen schließlich ihre Heimat verlassen müssen, weil sie dort nicht mehr leben können. Zurück bleibt eine Wüste.

Wenn so etwas passiert, spricht man von Desertifikation oder auch Wüstenbildung. Und die Wüsten breiten sich immer mehr aus, besonders in Asien, Lateinamerika und Afrika, aber auch bei uns in Europa, vor allem in Spanien, Portugal oder Griechenland. Denn in unserer gemäßigten Klimazone gibt es immer mehr Hitzewellen – aber auch starke Regenfälle und Überschwemmungen.

Ihr seht also: Dieses 1 Grad Erwärmung in den letzten 100 Jahren hat echt krasse Auswirkungen.

FRAGE gecheckt!

Höchste Zeit also, den Klimawandel auszubremsen.

So ein Klimawandel ist allerdings kein neues Phänomen für unsere Erde. Seit etwa drei Millionen Jahren wechselt das Klima alle 100.000 Jahre zwischen zwei Extremen: den sogenannten Eis- und Warmzeiten. Mal war es so warm, dass am Nordpol Palmen wuchsen, dann wieder wurde es auf unserer Erde in großen Teilen bitterkalt.

Vor rund 21.000 Jahren hatte diese Eiszeit ihren Höhepunkt und dauerte dann noch weitere 11.000 Jahre, bis sie zu Ende ging, also vor etwa 10.000 Jahren. Die globale Durchschnittstemperatur war damals fünf bis sechs Grad niedriger und Europa war zu großen Teilen von meterdicken Eisschichten bedeckt. Die Überreste davon findest du sogar heute noch: Die Gletscher in den Alpen, auf denen wir heutzutage Ski fahren, sind Zeichen der letzten Vereisung.

Allerdings sahen die Gletscher vor gut 180 Jahren so aus – und jetzt so:

Kleiner Unterschied, oder? Blöderweise haben die Menschen das lange Zeit nicht als Problem erkannt. Und als dann vor rund 50 Jahren die ersten Stimmen laut wurden, dass das zum Problem werden könnte, hat man sie erst ignoriert und dann das Problem geleugnet.

Inzwischen ist es aber so offensichtlich, dass es eigentlich keine wissenschaftlichen Zweifel mehr gibt: **Der aktuelle Klimawandel ist nicht natürlich, sondern menschengemacht!**

Das ist zwar ziemlich peinlich für die Menschheit – allerdings gleichzeitig auch eine gute Nachricht. Denn gerade weil der Klimawandel menschengemacht ist, können wir als Menschen das ja ändern – und jeder Einzelne kann dabei mithelfen, weniger CO_2 zu verbrauchen – zum Beispiel eben, indem wir weniger Fleisch essen.

Ein gutes Mittel, um sich selbst zu checken, ist der sogenannte ökologische Fußabdruck.

Was für ein Fußabdruck?
Das check ich für euch!

Checker FRAGE

Was ist der ökologische Fußabdruck?

Damit ist nicht dein Fußabdruck gemeint, wenn du am Strand herumläufst. Gemeint ist vielmehr, dass wir bei allem, was wir tun, Spuren in der Umwelt hinterlassen. Selbst, wenn wir es gar nicht merken: Das geschieht einfach durch die Art, wie wir leben, was wir kaufen, wohin wir reisen oder was wir essen. Und ich rede jetzt nicht von Fleisch, sondern von allem. Auch von Tomaten.

Sagen wir mal, jemand kauft ein Kilogramm Tomaten. Das ist gar nicht viel, nur ungefähr 15 Stück. Was so weit kein Problem ist. Ganz oft kommen die Früchte aber gar nicht aus Deutschland, sondern werden zum Beispiel in Spanien angebaut, also ungefähr 1000 Kilometer weit weg. Einfach, weil es da wärmer ist.

Das bedeutet aber, dass die Tomaten erst einmal hierhergebracht werden müssen. Dafür werden sie in Spanien mit Maschinen geerntet, dann in Lagerhallen gekühlt, damit sie nicht schlecht werden. Danach werden sie zum Flughafen gebracht, nach Deutschland geflogen, hier wieder weitertransportiert, wieder gelagert – bis sie dann irgendwann im Supermarkt landen. Und ihr könnt euch ja vorstellen, dass bei all diesen Schritten Maschinen zum Einsatz kommen, die immer auch jede Menge CO2 in die Luft pusten.

Und das Beispiel gilt nicht nur für Tomaten, sondern auch für alles andere: Obst, Gemüse, Kleidung oder selbst die Filzstifte in deinem Mäppchen … einfach für alles.

FLÄCHEN-BERECHNUNG

Auf folgenden Seiten können du und deine Eltern euren ökologischen Fußabdruck berechnen:

www.fussabdruck.de
www.footprint-deutschland.de
www.co2-rechner.at
www.footprintcalculator.org

Mit dem ökologischen Fußabdruck lässt sich berechnen, wie groß die Fläche ist, die benötigt wird, um all die Rohstoffe und die Energie bereitzustellen, die jeder und jede von uns verbraucht – und das hängt eben eng mit unserem Lebensstil zusammen.

Mein Fußabdruck zum Beispiel ist vier Hektar. Das ist die Fläche von etwa fünfeinhalb Fußballfeldern! Guckt mal, der kleine Fleck da in der Mitte – das ist kein Druckfehler, das bin ich!

Diese Fläche brauche ich allein pro Jahr!

Da wird mein Essen angebaut, und eine riesige Fläche müsste man mit Bäumen bepflanzen, damit all das CO_2, das für meinen Lebensstil produziert wird, wieder aufgenommen wird.

Und Leute, diese Fläche ist echt zu groß!

Das Schlimmste ist aber: Das gilt leider nicht nur für mich – das gilt für die meisten Menschen! Denn die Menschheit verbraucht derzeit extrem viel Natur, also Rohstoffe wie Kohle, Erze, Gesteine oder Wasser. Diese können aber nicht im gleichen Tempo „nachwachsen“.

FRAGE gecheckt!

Das heißt, wenn wir alle so weitermachen, wären bis zum Jahr 2030 zwei Erden nötig, um uns zu versorgen. Bis 2050 wären es sogar drei! Krass, oder?

Ihr merkt – höchste Eisenbahn, dass sich das ändert!

Zum Glück können wir aber alle auch ganz einfache Dinge tun, um unseren ökologischen Fußabdruck zu verringern.

TOBIS GOLDENE KLIMASCHUTZ-REGELN

Mach deine elektrischen Geräte richtig aus, anstatt sie auf Stand-by laufen zu lassen.

Mach das Licht aus, wenn du dein Zimmer verlässt.

Trenne deinen Müll: Plastik in die gelbe Tonne, Biomüll in die braune, Papier in den Papier- und Glas in den Altglas-Container.

Anstatt ständig neue Sachen zu shoppen – stöbere doch öfter mal auf Flohmärkten. Das schont die Umwelt, macht Spaß und spart auch noch Geld.

Benutze Recyclingpapier und nutze auch die Rückseiten zum Schreiben oder Malen.

Achtet beim Einkauf darauf, dass euer Obst und Gemüse aus eurer Region kommt.

Es muss nicht immer die Heizung sein – manchmal tut es an kühleren Tagen auch einfach ein Pulli.

Es gibt es in unserem Alltag viele kleine Dinge, die helfen und die jeder von uns machen kann. Im Kleinen scheint es vielleicht unwichtig zu sein, aber wenn wir es alle machen, dann können wir viel verändern!

DER CHECKER-TOBI-SUPERGLEITER

Die umweltschonendste Art des Fliegens ist immer noch ein Flug mit diesem coolen Papierflieger!

Den Bastelbogen dazu gibt es am Buchende.

Viel Spaß und Guten Flug,
euer Kapitän Tobi!

LUFT

Ich weiß ja nicht, was ihr so für Hobbys habt, Leute, aber ich bin in meiner Freizeit echt voll gerne draußen an der frischen Luft: im Winter Schlitten fahren, im Frühling kicken oder einfach nur spazieren gehen, im Sommer in der Hängematte ein Buch lesen oder in einem See schwimmen. Und im Herbst? Lasse ich am liebsten Drachen steigen.

Wie wichtig frische und saubere Luft ist, machen wir uns oft gar nicht klar – vielleicht einfach weil Atmen so normal ist und wir Luft auch einfach nicht sehen können. Aber klar ist: Ohne Luft wären wir echt aufgeschmissen, Leute! Ohne Sauerstoff können Mensch und Tier schlichtweg nicht überleben.

Wieso dieser Sauerstoff überhaupt in der Luft ist? Das check ich für euch!

Checker FRAGE

Woher kommt der Sauerstoff in der Luft?

Um das zu checken, habe ich einen Ausflug in den Wald gemacht. Ich liebe den Wald! Ich liebe es, dem Blätterrauschen zu lauschen und die Stille zu genießen.

Ein Glück, dass wir in Deutschland so viel davon haben. Ungefähr ein Drittel ist mit Wäldern bedeckt! Manche sind Nadelwälder, manche Laubwälder – meistens gibt es aber beide Baumarten, die sogenannten Mischwälder.

BLÄTTER RATEN

Kennst du die Bäume anhand ihrer Blätter?

LÖSUNG: Eiche (A), Kiefer (B), Buche (C), Fichte (D)

Im Wald gibt es viele verschiedene Baumarten und die sind ein wichtiger Lebensraum für Tiere. Viele davon, wie das Reh oder das Wildschwein, sind superscheu, weswegen wir Menschen sie selten zu Gesicht bekommen. Aber im Wald leben natürlich auch viele Insekten und sogar seltene Tiere wie Wölfe oder Luchse. Cool, oder?

Insgesamt leben im Wald mehrere Tausend Tierarten – genau gezählt hat sie aber noch keiner. Noch cooler ist allerdings, dass Bäume und überhaupt alle grünen Pflanzen uns unser Leben überhaupt erst ermöglichen! Sie halten nämlich unsere Luft sauber und produzieren Sauerstoff, den wir zum Atmen brauchen!

Das funktioniert so: Überall in der Luft um uns herum ist neben Sauerstoff und Stickstoff ja auch dieses Gas, das die ganzen Flugzeuge, Autos, aber auch wir selbst rauspusten. Wisst ihr noch, wie es hieß? Richtig, Kohlendioxid oder auch CO_2.

Für uns ist CO_2 durch den Klimawandel eher schädlich, für Bäume und überhaupt alle grünen Pflanzen aber ist es genau das Gegenteil: Sie brauchen nämlich Kohlendioxid, um zu wachsen!

In den Pflanzenzellen der Blätter, den sogenannten Chloroplasten, gibt es den Farbstoff Chlorophyll. Der sorgt nicht nur für die grüne Farbe, sondern hilft auch den Blättern, die Energie des Sonnenlichts einzufangen. Dabei wandeln sie mithilfe von Sonnenlicht und Wasser das CO_2 in zwei andere Stoffe um: Glucose und Sauerstoff. Den ganzen Vorgang nennt man **Fotosynthese.**

Glucose, also Zucker, ist energiereich und wird als Kraftstoff in alle Teile des Baumes transportiert, um dann Holz, Rinde oder neue Blätter zu produzieren. So können Pflanzen wachsen. Der Sauerstoff (O_2), der bei der Fotosynthese entsteht, ist für die Pflanzen eher ein Abfallprodukt. Und diesen überschüssigen Sauerstoff geben sie dann einfach in die Luft ab – wo Menschen oder Tiere ihn dann einatmen können.

Perfekt, oder?

Wir, die Menschen und Tiere, atmen dann das Kohlendioxid wieder aus, was wiederum von den Pflanzen bei der Fotosynthese aufgenommen wird, die wandeln das wieder in Sauerstoff um und so weiter – ein natürlicher Kreislauf eben.

FRAGE gecheckt!

Ein Wald sorgt also nicht nur dafür, dass wir überhaupt atmen können, sondern ist gleichzeitig auch noch eine riesige, natürliche Luftreinigungsmaschine!

Die krassesten Wälder diesbezüglich gibt es übrigens am Äquator, also dort, wo es sehr heiß ist und gleichzeitig viel regnet: die Regenwälder.

WIE VIEL LUFT PRO BAUM?

Eine 80-jährige Buche hat etwa 800.000 Blätter, mit denen sie pro Stunde rund 1,7 Kilogramm Sauerstoff produziert. Das entspricht etwa dem Verbrauch von 10 Menschen im gleichen Zeitraum.

Regenwälder gibt es auf allen Kontinenten entlang des Äquators: im südamerikanischen Brasilien, im afrikanischen Kenia und auch im asiatischen Indonesien. Und weil das Klima der Regenwälder so besonders ist, gibt es dort so viele verschiedene Pflanzen- und Tierarten wie sonst nirgends auf der Welt! Diese Wälder werden auch **„grüne Lunge“** genannt – einfach, weil sie so wahnsinnig groß sind und so viel Sauerstoff für den Planeten produzieren.

Das Problem dabei: Es werden im Regenwald immer mehr Bäume gefällt!
Große Firmen benutzen dann die Fläche entweder dafür, um Pflanzen anzubauen, mit denen sie viel Geld verdienen können, oder um dort Rinder zu züchten – die wir Menschen wieder essen sollen. Nicht nur, dass unsere grüne Lunge, die das CO_2 umwandelt, deswegen immer kleiner wird – es kommt stattdessen auch noch etwas hin, was ständig Methan in die Luft pupst! Das stinkt also gleich doppelt!

WÄLDER DER MEERE

Nicht nur in den Wäldern an Land, auch in den Meeren passiert Fotosynthese: Mikroskopisch kleine Meeresalgen, das sogenannte Phytoplankton, nutzen das CO_2 im Wasser, um mithilfe des Sonnenlichts zu wachsen und Sauerstoff zu produzieren.

WAS PASSIERT MIT DEM REGENWALD?

Rätselfrage: Wie schnell wird der Regenwald abgeholzt? Stellt euch ein Stück Regenwald vor, so groß wie ein Fußballfeld – wie lange, glaubt ihr, dauert es, bis das verschwunden ist?

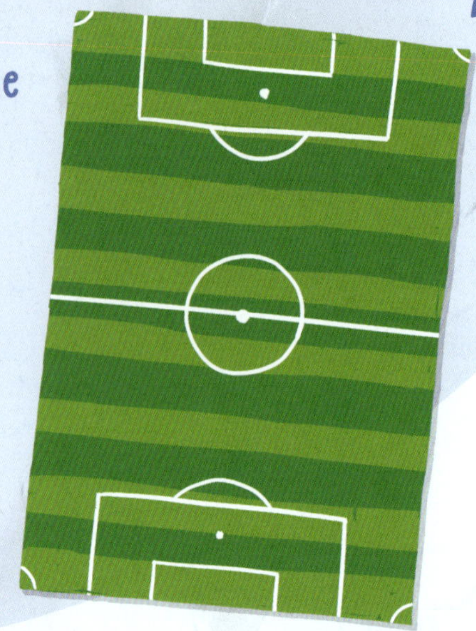

A eine Woche

B zwei Tage

C fünf Stunden

D vier Sekunden

LÖSUNG: Leider D. Alle vier Sekunden verschwindet auf der Welt ein fußballfeldgroßes Stück Regenwald! Immer. Die ganze Zeit. Während du dieses Buch liest zum Beispiel. Und wartet kurz einen kleinen Moment – jetzt wieder. Unvorstellbar, oder?

Damit verschwindet natürlich nicht nur der Lebensraum der Tiere, sondern wir nehmen uns im wahrsten Sinne des Wortes auch die Luft zum Atmen! **Und alles nur, damit einige Menschen noch mehr Geld verdienen können.**

Doch leider sind nicht nur die Regenwälder bedroht – auch dem Waldbestand in Deutschland geht es richtig mies! Die Bundesregierung klärt den Zustand unserer Wälder jedes Jahr im sogenannten „Waldzustandsbericht“. Darin werden die Schäden der Bäume anhand der Baumkronen, also der Baumspitzen, eingestuft. Und diese Berichte zeigen eindeutig, dass es den Wäldern in Deutschland immer schlechter geht. Inzwischen haben fast vier von fünf Bäumen eine sogenannte lichte Krone!

Ein Grund ist, dass es durch den Klimawandel in Deutschland immer trockener wird – und ein anderer die Luftverschmutzung. Und für die ist – richtig geraten – der Mensch verantwortlich. Und ich rede jetzt nicht von CO_2, sondern echtem Dreck, zum Beispiel durch Fabriken.

Es ist schon krass, welchen Qualm solche Schornsteine in die Luft pusten. Vor allem seit der Industrialisierung im 18. Jahrhundert, also seit vor rund 180 Jahren Maschinen bei der Herstellung von Produkten eingesetzt werden, sind das immer mehr geworden. Inzwischen stehen quasi überall Fabriken.

Doch nicht nur die Industrie verpestet unsere Luft – wir selbst tun das auch! Autos tragen zum Beispiel auf verschiedene Weise massiv zur Luftverschmutzung bei. Fast 50 Millionen Autos sind offiziell zugelassen. Nur in Deutschland! Bei 83 Millionen Einwohnern. Wahnsinn, oder? Manchmal macht sich das besonders in Großstädten bemerkbar, dann ist die Luft so dreckig, dass du es wirklich sehen kannst.

Wie das passiert und warum das nicht nur für die Städter, sondern für alle Menschen ein Problem ist?

Das check ich für euch!

Checker FRAGE

Was ist Smog?

Das Wort Smog setzt sich aus zwei englischen Wörtern zusammen: „smoke" für Rauch und „fog" für Nebel. Und wenn Smog herrscht, dann ist die Luft noch viel verschmutzter als sonst. Man kann den Dreck dann richtig sehen. Oder vielmehr ist es andersherum: Vor lauter Dreck kann man kaum noch was sehen.

Denn normalerweise entweichen diese Abgase nach oben und werden vom Wind aus der Stadt getragen. Das heißt nicht, dass sie sich dann einfach in Luft auflösen, die Abgase fallen dann nur anderswo in Form von dreckigem Regenwasser wieder auf die Erde hinab. Gerade im Winter kann es aber passieren, dass sich eine warme Luftschicht über die kalte Stadtluft am Boden schiebt.

Für die Abgase wirkt die Warmluft wie eine unsichtbare Wand: Sie können nicht mehr abziehen. Also sammeln sich die Schadstoffe aus den Schornsteinen und Auspuffen. Die Luft wird immer dicker – und es entsteht Smog.

Zu einem richtigen Problem wird es, wenn der Smog mehrere Tage lang anhält. In solchen Fällen kann die Stadtverwaltung sogar Smogalarm auslösen.

Dann dürfen keine Autos mehr fahren, Heizungen werden abgeschaltet und Fabriken stillgelegt. Das kommt in Deutschland nur selten vor. Anderswo auf der Welt ist Smog aber an der Tagesordnung, zum Beispiel in indischen Großstädten oder auch in China.

Das größte Problem dabei sind auf der einen Seite giftige Gase, die entstehen, wenn Kohle, Öl, Benzin oder Holz bei hoher Temperatur verbrannt werden: sogenannte Stickoxide.

Ein anderes Problem ist Feinstaub. Das sind winzige Schwebeteilchen, die zum Beispiel beim Verbrennen von Erdöl durch Kraftwerke, aber auch durch ganz normale Ölheizungen entstehen.

FRAGE gecheckt!

Gerade in größeren Städten spielt aber auch der Verkehr eine entscheidende Rolle. Denn der meiste Feinstaub entsteht beim Bremsen und durch die Abnutzung der Reifen.

Und wenn Menschen lange Zeit zu viel davon einatmen, werden sie krank: Es entstehen Atemwegsentzündungen oder sogar tödliche Krankheiten wie Lungenkrebs!

Inzwischen wurde erkannt, dass etwas gegen die Luftverschmutzung getan werden muss – zum Glück. In immer mehr Innenstädten versucht man, den Verkehr zu reduzieren oder sogar ganz autofrei zu werden.

Und auch sonst gibt es immer mehr Versuche und Überlegungen, wie man die Luft verbessern kann: zum Beispiel durch den Einsatz sogenannter City-Trees, also übersetzt „Stadt-Bäume“, die mit Moosen bepflanzt sind. Die können nämlich Feinstaub aus der Luft herausfiltern.

Cool, oder?

Mindestens genauso cool ist es natürlich, einen echten Baum zu pflanzen. So wie ich hier bei einer Aktion mit „Plant for the Planet“.

Das ist eine Umweltschutz-Organisation aus Deutschland, mit deren Hilfe in den letzten Jahren 14 Milliarden Bäume gepflanzt werden konnten! Krass, oder? Und das ist ihnen noch lange nicht genug! Ihr Ziel sind insgesamt 1000 Milliarden Bäume!

BAUMSCHÜTZER

Es gibt weitere Organisationen, die sich für den Schutz der Wälder einsetzen. Zum Beispiel:

Primaklima: **Erhalt und Aufforstung von Wäldern**
Green Forest Fund: **Pflanzung von Urwäldern**
NABU: **Ermöglicht Waldpatenschaft**
Ecosia: **Pflanzung von Bäumen**
Naturland und FSC: **Sorgen für Nachhaltigkeit in der Forstwirtschaft und bei Produkten aus Holz**

Das war echt eine coole Erfahrung, von der ich mein ganzes Leben etwas haben werde. Schließlich lebt mein Baum viel länger als ich, und ich kann ihn immer besuchen, wenn mir danach ist.

Allerdings geht das nur bei dir zu Hause im eigenen Garten – vorausgesetzt, deine Eltern haben nichts dagegen. Einfach irgendwo einen Baum auf einer Wiese oder am Waldrand zu pflanzen, ist in Deutschland nämlich leider verboten.

Aber natürlich kannst du trotzdem einiges für eine saubere Luft tun: Zum Beispiel, indem du dich morgens nicht mehr von Mama oder Papa mit dem Auto zur Schule fahren lässt, sondern den öffentlichen Nahverkehr nutzt. Oder noch besser: das Fahrrad. Das schützt nicht nur die Umwelt, sondern hält auch noch fit!

DAS LUFTBOOT-RENNEN

Mit Luft kann man nicht nur atmen, sondern auch coole Dinge anstellen.

Zum Beispiel ein Boot antreiben und damit lustige Rennen in der Badewanne oder dem Planschbecken veranstalten.

DU BRAUCHST

- zwei Luftballons (am besten längliche)
- eine Milchpackung
- Schere

UND SO GEHT'S

1. Einfach die Milchtüte in der Hälfte von oben nach unten durchschneiden und schon sind die beiden Rennboote fast fertig.
2. Hinten in den Rand schneidet ihr jeweils ein sehr kleines Loch, sodass gerade ein Luftballonhals durchpasst.
3. Jetzt nur noch den Hals des Luftballons so durch das Loch ziehen, dass der Luftballon im Boot liegt, aufpusten und den Verschluss zudrücken, damit keine Luft entweicht.
4. Wenn alle bereit sind, könnt ihr vorsichtig die Rennboote nebeneinander aufs Wasser setzen:

3, 2, 1, – loslassen!
Viel Spaß!

WASSER

Egal ob Pflanzen, Menschen oder Tiere: Wasser ist für alle Lebewesen überlebenswichtig – und damit die kostbarste natürliche Ressource, die wir auf Erden haben.

NATÜRLICHE RESSOURCEN

Der Begriff „Ressource“ stammt aus dem Französischen und bedeutet „Quelle“. Zu den natürlichen Ressourcen zählen Flüsse, Seen und Wälder – aber auch Rohstoffe wie Öl, Erdgas, Kohle, Erz, Salz und andere Bodenschätze. Und natürlich Luft, Boden, Biodiversität und genetische Vielfalt.

Nicht umsonst wird Wasser oft auch als „Quelle des Lebens“ bezeichnet. Auf der einen Seite sind Gewässer wie Meere, Flüsse oder Seen der Lebensraum für unzählige Tiere und Pflanzen, auf der anderen Seite brauchen wir Lebewesen aber auch das Wasser, damit unser Körper funktioniert: Es ist ein großer Bestandteil unserer Zellen, löst die Nährstoffe aus unserem Essen, damit der Körper sie aufnehmen kann, sorgt dafür, dass Organe wie die Niere richtig arbeiten können, und ist auch ein prima Kühlmittel. Denn wenn uns heiß ist, schwitzen wir – und der Schweiß kühlt unsere Haut ab.

Wir Menschen brauchen also ziemlich viel Wasser, um zu leben – entsprechend müssen wir regelmäßig für Nachschub sorgen: Laut Fachleuten soll jeder Mensch ungefähr **zwei Liter Wasser am Tag** trinken.

Wenn wir das nicht machen, merken wir schon bald die Folgen des Wassermangels: Kopfschmerzen, Müdigkeit, wir können uns schlechter konzentrieren, die Lippen werden rissig, und irgendwann wird uns sogar schwindelig. Ganz ohne Wasser können wir Menschen nur ungefähr drei Tage überleben!

Wasser im Körper

Der Mensch besteht zu einem Großteil aus Wasser: Erwachsene ungefähr zu 65 %, ein Säugling sogar bis zu 80 %.

Glücklicherweise gibt es auf der Erde eigentlich mehr als genug Wasser für alle Lebewesen, denn etwa zwei Drittel der Erdoberfläche ist von Meeren bedeckt. Deswegen nennt man die Erde auch manchmal „Blauer Planet“ – weil er wegen der Ozeane vom Weltraum betrachtet blau aussieht.

Allerdings ist ein Großteil davon für uns Menschen gar nicht genießbar – denn wir können nur sogenanntes Süßwasser trinken. Das Wasser in den Meeren, immerhin 96 % des gesamten Wasservorkommens, besteht aber aus Salzwasser. Die Flüsse und Seen mit Süßwasser machen nur einen winzigen Teil aus, nämlich 0,3 %!

Aber wie kommt der Unterschied zwischen Süßwasser und Salzwasser überhaupt zustande?

Das check ich für euch!

Checker FRAGE

Woher kommt das Salz im Meer?

Wenn es regnet, versickert das Regenwasser in den Boden und löst dabei Mineralien, also Salze, die sich in den Gesteinsschichten der Erde befinden. Neben Kalium oder Kalzium ist das zum Beispiel auch Natriumchlorid: besser bekannt als Kochsalz. Also genau das, was du zum Beispiel beim Nudelkochen ins Wasser schüttest oder auf deine Pommes machst.

Dieses mineralhaltige Wasser kommt später wieder an die Oberfläche und sammelt sich zu Bächen und Flüssen – also genau dem, was eigentlich als Süßwasser gilt. Das heißt, dass jedes Gewässer von Natur aus Salz enthält. Allerdings ist es dort so wenig, dass wir es nicht schmecken können.

Während es in Süßgewässern nur eine Prise ist, sieht das in Meeren schon ganz anders aus: In der Nordsee kommen zum Beispiel auf einen Liter Wasser ungefähr drei Esslöffel Salz, im Toten Meer sind es sogar 30 Esslöffel! Und das schmeckt man einfach. Aber wie kommt dieser Unterschied zustande?

TOTES MEER

Das Tote Meer ist eigentlich gar kein Meer, sondern ein großer Salzsee. Der Salzgehalt ist so hoch, dass der Auftrieb des Wassers, also der Grund, warum ein Mensch sich im Wasser so leicht fühlt, sehr stark ist. Deswegen treiben Menschen automatisch an der Oberfläche. Sie können nicht untergehen, sondern sogar gemütlich Zeitung lesen.

Das liegt daran, dass alle Flüsse irgendwann ins Meer fließen – und damit auch ihr Salz mitbringen. Jährlich sammeln sich dadurch Millionen Tonnen Salz in den Weltmeeren.

Durch die Wärme der Sonneneinstrahlung verdunstet das Wasser, und es entsteht der sogenannte Wasserkreislauf: Aus dem verdunsteten Wasser bilden sich Wolken, die irgendwo wieder als Regen, Schnee oder Hagel auf die Erde fallen und versickern.

Das Wasser wäscht Salze aus dem Gestein, gelangt wieder in die Flüsse, die fließen ins Meer, dort verdunstet das Wasser wieder, und alles geht von vorne los.

Allerdings verdunstet eben nur das Wasser – nicht aber die darin enthaltenen Salze. Die bleiben zurück und sammeln sich im Meer. Jetzt fragt ihr euch vielleicht, ob die Meere dann mit der Zeit nicht immer salziger werden müssten. Wäre ja irgendwie logisch, wenn immer weiter Salz zugeführt wird. Das ist auch so – und gleichzeitig auch nicht.

FRAGE gecheckt!

Der wichtigste Grund dafür ist, dass das Salz sinkt, sich so am Meeresboden ablagert und dort auch bleibt. Deswegen ist der Salzgehalt des Wassers in den Meeren seit Hunderten Millionen Jahren gleich: nämlich im Schnitt bei 3,5 %.

In Piratengeschichten heißt es ja oft, dass die Helden über alle sieben Weltmeere gesegelt sind: Dazu zählte der Nord- und Südatlantik, Nord- und Südpazifik, Indische Ozean, das Nord- und Südpolarmeer.

Diese Einteilung gilt allerdings als veraltet. Heutzutage unterscheidet man weltweit drei große Ozeane und viele kleinere Meere. Die Ozeane werden durch die Kontinente gegliedert: Der **Pazifik** ist der größte, der **Indische Ozean** der wärmste und der **Atlantik** der salzigste Ozean der Welt.

Leider findet sich aber in den Weltmeeren nicht nur reichlich Salz, sondern auch immer mehr Müll – und der verschmutzt den Lebensraum von zahllosen Tieren und Pflanzen!

Vor allem Plastikmüll ist dabei ein Riesenproblem.

Solchen Plastikmüll produzieren wir jeden Tag in rauen Mengen – kein Wunder, dass davon dann auch einiges in unsere Umwelt wandert.

Die Wissenschaft schätzt, dass pro Jahr 8 Millionen Tonnen Plastikmüll im Meer landen! Anders ausgedrückt: eine Lkw-Ladung pro Minute! Krass, oder? Deswegen gibt es an manchen Stellen in den Meeren inzwischen sogar **Plastik-Strudel.**

Was das ist?
Das check ich für euch!

Checker FRAGE

Was sind Plastik-Strudel?

Ein Meer ist dank der Strömungen immer in Bewegung. Diese Strömungen haben verschiedene Ursachen. An der Oberfläche werden sie durch Winde verursacht. Doch auch in der Tiefe der Ozeane bewegen sich riesige Wassermassen. Diese Tiefenströmungen entstehen vor allem durch die Anziehungskraft des Mondes – kennt ihr vielleicht von Ebbe und Flut.

Wenn das Meer sich bewegt, nimmt es natürlich auch die Plastikteile mit, die darin herumschwimmen. Die Strömungen saugen den Müll regelrecht an. Das meiste davon stammt von den Küstengebieten, viel aber auch von den unzähligen Schiffen, die jeden Tag auf den Meeren herumfahren und ihren Abfall oft unerlaubt ins Wasser kippen.

Wasserstrudel

Durch diese Meeresströmungen entstehen an manchen Stellen auch Wasserstrudel. Ein bisschen wie in eurer Badewanne, sobald ihr den Stöpsel zieht: Zuerst dellt sich die Wasseroberfläche über dem Abfluss nur leicht ein, dann aber wird das immer schneller kreisende Wasser in das Abflussrohr gesaugt.

Ein Meer hat aber nun mal kein Abflussrohr – und deswegen bleibt der Plastikmüll dann auch für längere Zeit in diesen Strudeln gefangen. Dadurch kam es in den letzten Jahren zu riesigen Müllansammlungen. Die größten fünf davon sind hier: im Nordpazifik, im Südpazifik, im Indischen Ozean und auch im Atlantik, jeweils im Norden und im Süden.

An den markierten Stellen schwimmt so viel Plastik, dass man manchmal sogar von **Plastikinseln** spricht – die man aber nicht betreten kann. Es sind ja keine richtigen Inseln, sondern „nur" Milliarden treibender Plastikteile.

FRAGE gecheckt!

Guckt mal, so sieht das dann aus:

Der größte dieser Müllstrudel ist der „Great Pacific Garbage Patch" im Pazifischen Ozean. Mit einer Größe von 1,6 Millionen Quadratkilometern ist er ungefähr fünf Mal so groß wie Deutschland!

Unfassbar, oder?

Dass sich so viel davon ansammeln kann, liegt daran, dass Plastik kein natürlicher Rohstoff ist, sondern von Menschen künstlich hergestellt wird: Plastik verrottet nicht einfach wie Holz, sondern bleibt super lange, wie es ist. Und erst nach vielen, vielen Jahren zerfällt es dann langsam in immer kleinere Stückchen – bis diese so winzig sind, dass man sie fast nicht mehr sieht: das sogenannte **Mikroplastik.**

Doch leider ist dieses Plastik eben immer noch da – und wird so zur Gefahr für die Umwelt. Viele Lebewesen verwechseln Plastikmüllteilchen nämlich mit Nahrung, und das hat schlimme Folgen für sie: innere Verletzungen und Entzündungen, Krankheiten bis hin zum Tod.

Doch auch für uns Menschen ist dieses Plastik schädlich – denn wenn zum Beispiel der Fisch Mikroplastik in sich aufgenommen hat und bei uns auf dem Teller landet, essen wir das Mikroplastik ja mit. Und das ist ziemlich ungesund, weil es Allergien und sogar schwere Krankheiten verursachen kann, wie z. B. Krebs.

Es ist also ziemlich offensichtlich, dass wir dagegen was tun müssen.

WIE LANGE ZERFÄLLT PLASTIK IM MEER?

Plastiktüte: ca. 10-20 Jahre
Plastikbecher (Pappe mit Plastikbeschichtung): ca. 50 Jahre
Strohhalm: ca. 200 Jahre
Windel: ca. 450 Jahre
Plastikflasche: bis zu 450 Jahre

Eine wichtige und einfach zu merkende Regel ist die 3-R-Regel.
Das kommt aus dem Englischen und steht für:

REDUCE (Reduzieren)
Viele Dinge aus Plastik sind unnötig und können ersetzt werden: Plastiktüten z. B. genau so wie in Plastik eingepackte Taschentücher – die aus Stoff machen genauso sauber. Auch viele Bastelmaterialien wie essbare Knete, bunte Fingerfarben oder Klebstoff kannst du ganz einfach selbst herstellen.

RE-USE (Wiederverwenden)
Viele Sachen kann man wiederverwenden, anstatt ständig Neues anzuschaffen: Anstelle einer gekauften Plastikflasche tut es zum Beispiel auch eine wiederbefüllbare Flasche.

RECYCLE (Wiederverwerten)
Oft können Dinge wiederverwertet werden – das geht aber natürlich nur, wenn sie richtig getrennt und entsorgt sind. Plastikmüll gehört immer in die gelbe Tonne, denn nur dann kann man daraus neue Produkte herstellen.

Wenn wir alle mithelfen und diese Regel beachten, ist schon ein gutes Stück gewonnen auf dem Weg zu saubererem Wasser. Das gilt natürlich nicht nur für die Meere, sondern auch für die Flüsse und Seen, also unser Trinkwasser. Denn auch verschmutztes Trinkwasser sorgt weltweit für viele Krankheiten und Todesfälle im Jahr.

Mehr als ein Drittel der Menschen weltweit leidet an Wassermangel und der Hälfte von ihnen steht kein sauberes Trinkwasser zur Verfügung! Als Folge des Klimawandels wird befürchtet, dass sich diese Zahl sogar noch vergrößert!

Bei uns in Deutschland zumindest ist verunreinigtes Trinkwasser allerdings kein Problem. Im Gegenteil: Es ist superfrisch und lecker.

Aber wie geht das eigentlich?
Das check ich für euch!

Checker FRAGE?

Woher bekommen wir sauberes Trinkwasser?

Jeder von uns braucht über zwei Liter Wasser am Tag – damit ist aber nur das gemeint, was unser Körper benötigt. In Wahrheit verbrauchen wir viel, viel mehr: durch Zähneputzen, Duschen, Autowaschen, Klogehen und so weiter. Im Schnitt verbraucht jeder von uns fast **130 Liter Wasser am Tag**.

Das bedeutet, dass jeder von uns täglich ungefähr eine ganze Badewanne voll Wasser in die Gullis und Abflüsse kippt!

Und all das dreckige Wasser fließt zurück in die Flüsse, Seen und unser Grundwasser – also genau dorthin zurück, wo wir unser Trinkwasser auch herbekommen.

Dass unser Trinkwasser trotzdem eine Superqualität hat, liegt daran, dass das meiste gebrauchte Wasser nicht direkt in die Flüsse, Seen und das Grundwasser fließt. Fast alles wird zuerst in eine Kläranlage geleitet. Von denen haben wir in Deutschland zum Glück ziemlich viele, weil wir ein reiches Land sind. **Eine Kläranlage reinigt Abwasser,** also das dreckige Wasser, das nach dem Gebrauch im Abfluss landet.

WAS IST GRUNDWASSER?

Schnee und Regenwasser versickern im Erdboden, bis sie an eine Fels- oder Lehmschicht kommen, die kein Wasser durchlässt. Das dann dort gespeicherte Wasser nennt der Mensch Grundwasser.

So sieht eine Kläranlage aus der Luft aus. Ganz schön groß, oder?

In einer Kläranlage durchläuft Abwasser mehrere Reinigungsstufen, bevor es zurück in den Fluss kommt:

Vorstufe: Zuerst fließt das schmutzige Wasser durch einen sogenannten Rechen, das sind gröbere Gitterstäbe. Dort werden große Teile wie z. B. Müll aufgehalten, die nicht ins Wasser gehören.

1. Stufe, die „mechanische Reinigung“: Dabei setzen sich feste Stoffe auf dem Boden ab. Dazu gehören vor allem Kot, also Kacke, und Klopapier.

2. Stufe, die „biologische Reinigung“: Hier zersetzen Pilze und Bakterien winzige Teile, die im Schmutzwasser herumschwimmen.

3. Stufe, die „chemische Reinigung“: Wie der Name schon sagt, werden hier chemische Stoffe ins Wasser geleitet. Dadurch wird der restliche flüssige Schmutz zu festen Flocken – und die kann man dann leicht rausfiltern.

Wie das aussieht, hab ich sogar selbst schon erlebt: Bei einem Experiment mit dem Technischen Hilfswerk. Sie haben für Einsätze mit ihrer mobilen **Wasseraufbereitungsanlage** geübt, die sie bei Notfällen in jeden Winkel der Welt bringen können. Nachdem wir zwei riesige Wasserbecken aufgebaut hatten, hatte ich die Aufgabe, mal so richtig unser Wasser zu verschmutzen.

Nein, ich hab nicht reingepinkelt. Ich habe einen Eimer mit Bakterien und Viren, also Krankheitserregern, mit Chemikalien, Tier-Pipi und allem möglichen ekligen Zeug hineingekippt. Widerlich, sag ich euch.

Danach wurde eine pechschwarze Flüssigkeit dazugepumpt, die sogenannte Aktivkohle. Macht erst einmal keinen Sinn, denkt man, denn das Wasser sieht dann noch ekelhafter aus.

Aber Aktivkohle sorgt eben für die Flocken, die danach herausgefiltert werden können. Und tatsächlich hat es am Ende funktioniert: **Wir hatten wirklich sauberes, leckeres Trinkwasser.**

Neben dem Grundwasser, das wir fürs Trinkwasser anzapfen, gibt es in Deutschland aber auch große Süßwasser-Seen, deren Wasser auch durch unseren Hahn fließt. Der Bodensee zum Beispiel, Deutschlands größter See, versorgt rund vier Millionen Menschen mit Trinkwasser.

Dazu wird das Wasser aus der Tiefe des Sees bis auf eine Bergspitze gepumpt. 3000 Liter pro Sekunde! Krass, oder?

Von dort fließt es dann immer bergab durch die Leitungen zu den Haushalten. Aber natürlich nicht direkt – es wird zuerst aufbereitet. Das heißt, es wird gereinigt und trinkbar gemacht.

Auch hier durchläuft das Wasser mehrere Reinigungsstufen. Erst wird es mit einer Art Sieb gereinigt, dann kommt eine chemische Flüssigkeit namens Ozon hinzu. Das ist ein echter Killer, der in kürzester Zeit die Zellwände der Krankheitserreger zerstört und somit unschädlich macht.

Das so behandelte Wasser wird wieder gefiltert – diesmal durch ganz normalen Sand. Der sorgt dafür, dass das Wasser schön klar aussieht und keine trübe Plörre aus eurem Wasserhahn schießt. Danach gelangt das Wasser in einen Zwischenspeicher und wird von dort über ein riesiges Rohrnetz auf die ganzen Haushalte verteilt und sorgt dann dafür, dass wir unseren Durst stillen können.

FRAGE gecheckt!

Prost, Leute!

Ihr merkt also, dass es zwar wahnsinnig viel Wasser auf der Erde gibt – es aber trotzdem unglaublich kostbar ist. Und deswegen müssen wir auch echt gut darauf aufpassen! Aber wenn alle gemeinsam mithelfen, hat vielleicht jedes Lebewesen genug sauberes Wasser, und wir können auch in Zukunft bedenkenlos in Flüssen angeln, in Baggerseen schwimmen oder am Strand Sandburgen bauen.

MINI-KLÄRANLAGE

MITMACH-CHECK

Auf seinem Weg durch Erde, Sand und Stein durchläuft das Regenwasser eine Art natürliche Kläranlage.

Hier kannst du eine biologische Mini-Kläranlage selbst nachbauen.

DU BRAUCHST

- Tonscherben
- Kies und Sand (gewaschen)
- Erde
- vier gleich große Blumentöpfe
- einen Kaffeefilter
- einen mittelgroßen Kieselstein
- zwei große Einmachgläser
- Eimer mit verschmutztem Wasser

UND SO GEHT'S

1. Lege jeweils ein oder zwei Tonscherben auf die Böden von drei Töpfen, sodass kein Kies, Sand und Erde durch die Löcher sickern kann.
2. Nun kannst du die drei Töpfe befüllen: den ersten Topf zur Hälfte mit Kies, den zweiten Topf halb voll mit Sand und den dritten Topf bis zur Hälfte mit Erde.
3. In den vierten Blumentopf kommt der Kaffeefilter. Lege einen großen Kieselstein als Abstandhalter hinein.
4. Stelle nun alle Töpfe übereinander auf ein Einmachglas. Ganz unten der Topf mit dem Kaffeefilter, darauf der mit Sand, dann der mit Erde und zuletzt der Topf mit dem Kies. So wird das Wasser von oben nach unten erst grob und dann immer feiner gefiltert.
5. Nun kannst du dein Wasser filtern! Gieß langsam das schmutzige Wasser aus dem Eimer in den oberen Topf und warte, bis es durch alle Töpfe gesickert ist. Siehst du den Unterschied?

Cool, oder?

Viel Spaß!

Aber Vorsicht: nicht trinken!

Das Wasser wird zwar sauberer als vorher, Krankheitserreger werden aber nicht mit herausgefiltert. Wenn du also Durst hast, lieber doch den Wasserhahn aufdrehen.

BÖDEN UND PFLANZEN

Also, Leute, ich weiß ja nicht, wie es euch geht, aber ich liebe Pizza. Einfach nur Teig, ein paar Gewürze, Tomatensoße, Käse – und schon ist es hammerlecker. Das ist echt mein absolutes Lieblingsessen!

Nein, wartet, Pommes frites! Die sind mein absolutes Lieblingsessen! Schön mit Ketchup und Mayo. Oder Spaghetti – die sind natürlich auch superlecker. Und Pfannkuchen mit Apfelmus und – ach egal, hab ich halt ganz viele Lieblingsessen. Und wisst ihr, was die alle noch gemeinsam haben? Sie brauchen einen gesunden Boden – wie überhaupt 90 % all unserer Nahrungsmittel! Getreide, Gemüse, Obst: **Alles, was wir gerne essen, wächst nur auf fruchtbarem Boden.**

Tagtäglich latschen wir drüber – und machen uns trotzdem selten bewusst, wie wichtig Böden eigentlich sind. Oder was das überhaupt ist. Als Boden bezeichnet man nämlich nur die oberste, etwa einen Meter starke Schicht der Erdoberfläche.

Ein Boden besteht im Wesentlichen aus vier Teilen: Wasser, Luft, dem „organischen" Teil, in dem viele kleine Lebewesen wohnen, und dem „anorganischen" Teil. In dem stecken vor allem viele winzige Steine, Sandkörner oder Ton.

Vom Lehmboden bis zum Watt gibt es bei uns in Deutschland viele verschiedene Arten von Böden. Und jede davon ist auch ein Raum für unzählige Lebewesen.

Auch, wenn wir es kaum mitkriegen: Unter unseren Füßen geht's im organischen Teil des Bodens tierisch ab, Leute!

Fadenwurm

Auf einem Quadratmeter mit einer Tiefe von dreißig Zentimetern befinden sich rund

- 50 Asseln
- 80 Regenwürmer
- 1 000 000 (Million) Fadenwürmer
- 1 000 000 000 (Milliarde) Pilze
- 1 000 000 000 000 (Billion) Bakterien!

Springschwanz

Diese ganzen Lebewesen lassen sich in verschiedene Kategorien einteilen – von Klein nach Groß:

Mikrofauna

Diese Tierchen sind maximal 0,2 mm groß – also mit bloßem Auge gar nicht zu erkennen. Dazu zählen zum Beispiel Fadenwürmer, Geißeltierchen und andere Einzeller. Sie fressen Pilze und Bakterien und setzen so durch ihre Ausscheidungen Nährstoffe für die Pflanzen frei.

Mesofauna

Allerdings sind die Bewohnder der Mikrofauna auch selbst eine leckere Mahlzeit: zum Beispiel für Milben oder Springschwänze und alle weiteren Lebewesen, die nicht mehr als 2 mm messen.

FLORA UND FAUNA

Als Fauna wird in der Biologie die Tierwelt bezeichnet, die Pflanzenwelt nennt man Flora. Beide Begriffe stammen aus dem Lateinischen.

Makrofauna

Schnecken, Spinnen, Asseln oder Käfer sind vergleichsweise riesig und vertilgen jede Menge kleine Tiere, abgestorbenes Laub oder Pflanzenreste – und sind deswegen superwichtig, um durch ihre Verdauung wieder Nährstoffe freizusetzen.

Megafauna

So werden Tiere bezeichnet, die im Boden leben und größer als 20 mm sind, zum Beispiel der Regenwurm. Ein Regenwurm ist blind, taub und stumm.

Warum er trotzdem als einer der wichtigsten Bewohner des Erdreichs gilt?

Das check ich für euch!

Checker FRAGE

Wieso ist der Regenwurm so wichtig?

Weltweit gibt es über 3000 verschiedene Regenwurm-Arten, in Deutschland kommen davon 46 vor. Und eines gleich vorneweg: Der Regenwurm ist nicht so besonders, weil er sich in der Mitte zweiteilen lässt. Es ist ein Märchen, dass danach zwei Regenwürmer weiterleben.

Stattdessen lebt nur das Vorderteil mit den lebenswichtigen Organen weiter. Der Schwanz wächst mit der Zeit nach – wenn der Regenwurm nicht an seinen Verletzungen stirbt, was leider meistens der Fall ist. **Also bitte keine Regenwürmer zerschneiden!**

Und noch einen weitverbreiteten Irrtum kann ich gleich aufklären: Der Regenwurm heißt nicht Regenwurm, weil er an die Oberfläche kommt, wenn es regnet. Im 16. Jahrhundert nannte man den Kollegen nämlich noch „reger Wurm“ – weil er sich ständig bewegt, arbeitet und frisst. Letzteres tut er eigentlich fast ununterbrochen, am liebsten Blätter, abgestorbene Pflanzenreste oder Mikroorganismen wie Pilze oder Bakterien. Pro Tag frisst er die Hälfte seines Eigengewichts, also durschnittlich ungefähr 25 Gramm!

So ein Regenwurm ist also ein echter Vielfraß. Aber nicht nur das – er ist auch ein richtiges Kraftpaket! Ein Regenwurm kann nämlich das 60-Fache seines eigenen Körpergewichts stemmen und gehört damit zu den stärksten Tieren der Welt!

Wenn sich ein Wurm so ein Blatt einverleibt, nimmt er währenddessen auch größere Mengen Erde auf. Im Darm kommen noch Pilze und Bakterien dazu – und das Endergebnis ist?

Wurmkacke, richtig.

Vor allem aber richtig gute Erde! Biologen haben herausgefunden, dass Regenwurmkot einer der besten Dünger überhaupt ist! Cool, oder?

Regenwürmer haben kein Gesicht, also auch keine Nase oder sonstige Atmungsorgane. Sie atmen über die Haut – deswegen lieben sie eine möglichst feuchte und dunkle Umgebung, damit ihre Haut nicht austrocknet. Und diese Umgebung graben sie die ganze Zeit um. Ihre Gänge sind pro Quadratmeter bis zu 20 Meter lang und bis zu sieben Meter tief.

Das ständige Umgraben belüftet den Boden, schichtet die Nährstoffe um und verteilt sie, sodass Pflanzenwurzeln mehr verschiedene Nährstoffe aufnehmen können. Und es sorgt dafür, dass die Erde besonders viel Wasser aufnehmen kann. Böden dienen nämlich

auch als großer Wasserspeicher. Ein luftiger Boden kann Regen aufsaugen wie ein Schwamm – wodurch die Pflanzen auch dann genug Wasser haben, wenn es mal nicht regnet.

FRAGE gecheckt!

Er gräbt also freiwillig um, verwertet altes Laub, düngt den Boden und kümmert sich nebenbei um die Pflanzen: Einen besseren Bewohner als einen Regenwurm kann man sich also für seinen Boden gar nicht wünschen.

Wäre da nicht der Mensch, der immer mehr Straßen baut oder Landschaft in Bauland umwandelt und so eine Gefahr für den Boden und seine Bewohner darstellt.

Wenn man Boden zubetoniert, nennt man das Versiegelung. Das Dumme ist dabei, dass beim Bauen nicht nur die Oberfläche dicht gemacht wird, sondern der Boden auch bis in tiefe Schichten luft- und wasserdicht gemacht wird, dass die Lebewesen darin dort kaum mehr eine Chance haben.

Und noch was: Auf der einen Seite ist es natürlich cool, wenn alle Menschen ein Dach über dem Kopf haben – **das Versiegeln des Bodens sorgt allerdings dafür, dass das Regenwasser überhaupt nicht mehr abfließen kann.**

EROSION

Wenn Böden durch Regen oder Wind verweht oder fortgeschwemmt werden, nennt man das Erosion. In den meisten Fällen ist das ein langer, schleichender Prozess, in seltenen Fällen passiert das auch durch Unwetter schnell und heftig.

Wenn aber alles in die Kanalisation läuft, steigt die Gefahr, dass die überläuft, also dass es Hochwasser gibt. Gleichzeitig sinkt der Grundwasserspiegel, und die Bodenfunktionen gehen praktisch alle verloren: Brunnen und Flüsse trocknen aus, und Pflanzen können mit ihren Wurzeln die Wasservorräte nicht mehr erreichen. Die Pflanzen sterben ab und die Landschaften werden richtig karg.

Natürlich kann man Flächen auch wieder entsiegeln, aber es dauert unendlich lange Zeit, bis sich der Boden wieder erholt und seine alte Qualität zurückerhält. Bis sich ein Zentimeter neuer Boden gebildet hat, vergehen zwischen 100 und 300 Jahre! **Krass, oder?**

Aber selbst auf gesundem Boden wächst nicht alles gleich gut. Jede Pflanze braucht andere Nährstoffe, um zu wachsen. Damit die einzelnen Pflanzen nicht um dieselben Nährstoffe konkurrieren, pflanzt ihr am besten unterschiedliche Gemüsesorten in euer Beet.

Perfekte Nachbarn: Möhre und Zwiebeln

Knoblauch schützt Erdbeeren vor Grauschimmel

BIO-SIEGEL

Ein Bio-Produkt muss rein natürlich sein, darf also keine künstlichen Zusatzstoffe enthalten und muss ökologisch angebaut oder hergestellt werden. Die Umwelt darf dabei also nicht zu schaden kommen. Diese Produkte sind dann mit einem Bio-Siegel gekennzeichnet. Die mit den strengsten Kriterien, also dem größten Umwelt-, Natur- und Tierschutz, sind die Bio-Siegel von Bioland, Naturland und demeter.

Und wer es richtig geschickt macht, der stellt Pflanzen zusammen, die sich gegenseitig unterstützen: Es gibt zum Beispiel Pflanzen, die durch ihren Geruch schädliche Insekten vertreiben. Oder ihr spendet kleinen Pflanzen Schatten, indem ihr hohe Pflanzen danebensetzt.

Wenn ihr euer Beet so unterschiedlich bepflanzt, hat das sogar einen Namen: **Mischkultur.**

Es geht aber auch anders, mit der sogenannten Monokultur. Der Begriff kommt aus dem Griechischen: „mono“ bedeutet „allein“ und „Kultur“ Anbau. Es meint also ein Gebiet, auf dem über Jahre ein und dieselbe Pflanze wächst. Das gibt es oft in großen Plantagen mit Palmen, Tee oder Baumwolle, ihr seht es aber auch häufig bei uns auf den Feldern, wenn überall nur Weizen, Mais oder Raps angebaut ist.

Das sieht dann nicht nur ziemlich langweilig aus, sondern wird von Umweltschützern schon lange kritisiert.

Warum?

Das check ich für euch!

Checker FRAGE?

Wieso sind Monokulturen ein Problem?

In der Landwirtschaft wird oft auf Monokulturen gesetzt, weil es meistens einfacher und vermeintlich günstiger ist. Aber Monokulturen haben auch gravierende Nachteile.

Steht nur eine einzige Pflanzensorte auf einem Feld, braucht diese eine Sorte logischerweise nur bestimmte Nährstoffe – die dafür in großen Mengen. Das heißt, an diesen Nährstoffen herrscht nach einiger Zeit Mangel, was dazu führt, dass die Pflanzen immer schlechter wachsen.

Um diesen Mangel auszugleichen, wird in der Landwirtschaft Dünger verwendet. Normalerweise düngt man mit Kuhkacke. Ernsthaft!

Also um genau zu sein, mit Mist – das ist Kuhkacke mit Stroh gemischt –, und dieser Mist hat immer noch viele Nährstoffe. Der Mist kommt auf die Felder und unterstützt den Boden. Denn die Käfer, Bakterien und andere Mikroorganismen haben Mist zum Fressen gern. Wenn sie ihn verdaut haben, bleiben in ihrem Kot genügend Nährstoffe für die Pflanzen zum Wachsen über. Im Prinzip also wie beim Regenwurm.

Leider kommen aber auch viele künstliche Düngemittel zum Einsatz, die zum Teil in großen Mengen auf die Felder gespritzt werden. Zu viel von diesem Kunstdünger schadet allerdings dem Boden – und verunreinigt gleichzeitig unser Grundwasser!

Monokulturen haben aber noch einen weiteren Nachteil. Denn wenn immer nur das Gleiche angepflanzt wird, leben dort nur sehr wenige Tiere, also Regenwürmer, Käfer und alle, die den Boden ja eigentlich verbessern.

WAS SIND NÜTZLINGE?

Als Nützlinge werden Spinnen oder auch Insekten bezeichnet, die dem Menschen nützen, zum Beispiel in dem sie sogenannte Schädlinge wie Blattläuse fressen. Die Natur selbst macht keinen Unterschied zwischen nützlich und schädlich. Alles, was lebt, trägt zum Kreislauf bei und wird gebraucht.

Wenn die Artenvielfalt im Boden und auf dem Feld aber gering ist, können sich dort Schädlinge besonders gut einnisten. Von den nützlichen Tieren, den sogenannten Nützlingen, gibt es in der Monokultur dagegen nur wenige, weil die sich vor allem in Hecken und Blütenpflanzen tummeln, die wir oft als Unkraut verdammen.

PFLANZENGIFTE

Es gibt verschiedene Arten von Giften: CHEMISCHE PESTIZIDE sind sogenannte Pflanzenschutzmittel. Sie zerstören Pflanzen und Lebewesen, die als schädlich angesehen werden. HERBIZIDE wirken nur gegen spezielle Pflanzen und werden daher eingesetzt, um sogenanntes Unkraut zu vernichten. FUNGIZIDE werden gegen Pilzbefall eingesetzt, INSEKTIZIDE töten Insekten aller Art.

Weil man trotzdem irgendwas gegen die Schädlinge unternehmen will, greift man in der Landwirtschaft dann oft zu Giften.

Und das ist nicht nur schädlich für die Schädlinge – sondern leider für alle: den Boden, die Pflanzen, Tiere und nicht zuletzt auch für uns Menschen, wenn das Gift zum Beispiel in Lebensmitteln auf unserem Teller landet.

Bei der Landwirtschaft ist es also wie sonst im Leben oft auch: Vielfalt tut allen gut!

FRAGE gecheckt!

Der Einsatz von Pflanzengiften ist inzwischen echt ein krasses Problem, Leute! Superviele Tier- und Pflanzenarten sind deswegen schon ausgestorben. An manchen Orten in Deutschland sind bereits drei Viertel der früheren Insekten verschwunden, viele Schmetterlingsarten sind bedroht, und auch fast drei von vier Vogelarten der offenen Landschaft sind gefährdet oder ausgestorben. Krass, oder?

In letzter Zeit machen Tier- und Umweltschützer auch öfter darauf aufmerksam, **dass es immer weniger Bienenvölker gibt.**

Und wenn die Bienen nicht mehr da sind, haben wir echt ein Problem, Leute! Die sorgen nämlich dafür, dass wir alle was zu essen haben!

SONNENBLUMEN

Sonnenblumen haben die Fähigkeit, dem Boden gefährliche Stoffe zu entziehen. Deshalb werden sie oft zur Entgiftung angepflanzt. Im Anschluss werden die verseuchten Pflanzen dann verbrannt.

Wieso die Bienen?
Das check ich für euch!

Checker FRAGE?

Was machen Bienen?

Die meisten Bienenarten leben alleine – Honigbienen allerdings nicht. Sie leben in einer gut organisierten Gemeinschaft in einem sogenannten Bienenstaat. In einem einzigen Volk können 40.000 bis 80.000 Honigbienen leben, angeführt von genau einer Königin. Die ist deutlich größer als alle anderen Bienen und nur dafür da, Nachwuchs zu zeugen. Die Königin legt die befruchteten Eier in den Waben ab, die dann von den Arbeiterbienen verschlossen werden.

Nach drei Tagen schlüpft dann eine kleine Made, die sofort gefüttert werden muss. Die Made wächst, bis sie fast die ganze Wabe ausfüllt, verpuppt sich, und nach insgesamt drei Wochen schlüpft dann das neue Bienenbaby.

Um den Nachwuchs und auch sich selbst zu versorgen, sammeln Bienen Blütennektar. Denn daraus stellen sie später den Honig her. Glücklicherweise sammeln die Bienen aber immer viel zu viel – weswegen dann Imker den leckeren Bienenhonig für uns abzweigen können.

So ein Glas Bienenhonig bedeutet echt Schwerstarbeit für die kleinen Tierchen: Insgesamt fliegen sie 40.000 Mal aus dem Bienenstock und legen dabei eine Strecke von 120.000 km zurück – das ist, wie wenn sie drei Mal um die ganze Welt fliegen würden. Total krass.

1 Glas Honig = Schwerstarbeit

Bienen gelten also nicht umsonst als besonders fleißig – abgesehen von Majas Freund Willi vielleicht. Aber weder ihr Fleiß noch ihr Honig machen sie so wichtig für uns und die Umwelt, sondern vor allem das Sammeln von Nektar.

An den Nektar kommen sie nämlich nur, wenn sie tief in die Blüte rein-krabbeln. Dabei bleibt automatisch Blütenstaub an den Beinen der Bienen hängen. Fliegt die Biene dann weiter, nimmt sie dabei den Blütenstaub mit.

Wenn sie auf der nächsten Blüte landet, bleibt dieser Blütenstaub auf der sogenannten Narbe des sogenannten Stempels hängen. Dann – und nur dann – kann sich aus dem Stempel eine Frucht entwickeln.

Das Ganze nennt man Bestäubung und ist superwichtig für uns alle. Rund 80 % unserer Pflanzen hängen davon ab. Wenn es also keine Bienen mehr gäbe, würden ganz viele Pflanzen und Früchte überhaupt nicht mehr wachsen, und wir hätten kein Obst und Gemüse mehr.

Ohne Bienen gibt es also auch keine Spaghetti mit Tomatensoße, keine Pfannkuchen mit Apfelmus und keine Pizza mehr. Ein Alptraum, oder?

Also lasst uns alle dafür sorgen, dass es dem Boden noch lange gut geht: Die Wiese im Garten muss nicht perfekt gestutzt sein, und sogenanntes Unkraut blüht meist nicht nur überraschend schön, sondern ist auch oft eine wichtige Nahrungsquelle für Wildbienen und andere Insekten. Und dass man seinen Müll nicht einfach irgendwo in die Umwelt wirft, ist ja wohl auch klar, oder?

Was stattdessen mit unserem Müll passieren sollte und was man mit Abfall alles Tolles anstellen kann, verrate ich euch im nächsten Kapitel.

DAS REGENWURM-LABYRINTH

Regenwürmer sind auch in der Fortpflanzung besonders: Sie sind nämlich Zwitter. Das heißt, sie sind beides: Männchen und Weibchen. Wenn sie sich paaren, dann kleben sie sich eng aneinander und drücken jeweils ihren Samen in die Samentasche des Partners. **Besonders in der Frühlingszeit passiert das – so wie in unserem Rätsel.**

Nur ein Wurm findet keinen Partner – findet ihr heraus, welcher das ist?

MÜLL

Dass Müll oft nicht nur ein Problem für unseren Geruchssinn, sondern vor allem für die Umwelt darstellt, haben wir ja beim Thema Plastik schon gecheckt.

Aber Plastik ist natürlich nicht das Einzige, was von uns weggeworfen wird: Müll wird überall und ständig produziert. Das fängt ja schon bei uns zu Hause an: Verpackungen, alte Zeitschriften, die Windeln deines kleinen Geschwisterchens, Obst- und Gemüseschalen, dein kaputtes Handy und was weiß ich noch alles.

Doch natürlich produzieren wir Menschen auch außerhalb von unseren vier Wänden Müll. Es gibt Bau- und Abbruchmüll, es gibt den Elektroschrott, das Altmetall, den Glasmüll und, und, und. **Es gibt sogar so etwas wie Sondermüll!**

Was das ist?
Das check ich für euch!

Checker FRAGE

Was ist Sondermüll?

Im Wort Sondermüll steckt ja schon drin, dass dieser Müll irgendwie anders, irgendwie besonders ist. In diesem Falle heißt das aber nichts Gutes, sondern heißt „besonders gefährlich"! Denn Sondermüll ist Müll, der auch schon in kleinsten Mengen richtig schädlich für die Umwelt oder unsere Gesundheit ist. Daher nennt man ihn auch manchmal **Giftmüll**.

Zum Sondermüll zählt man zum Beispiel Energiesparlampen, Akkus, Medikamente, Lacke und Farben, aber auch chemische Mittel und andere Giftstoffe. Batterien zum Beispiel enthalten oft den giftigen Stoff Quecksilber.

Der Inhalt einer einzigen Mini-Batterie reicht aus, um 800.000 Liter Trinkwasser zu verseuchen. Krass, oder?

Und so ist es mit vielen anderen Stoffen eben auch. Deswegen darf Sondermüll auch nicht einfach in die Mülltonne geworfen werden, sondern wird speziell gesammelt.

Ein großer Teil davon landet dann auf Sondermüllverbrennungsanlagen oder in sogenannten Sondermülldeponien. Das sind große Lager tief unter der Erde, in denen der Sondermüll weggeschlossen wird. Die Ton- und Salzschichten an diesen speziellen Orten halten das Regenwasser auf, was verhindern soll, dass das Gift irgendwann ins Grundwasser gelangt.

FRAGE gecheckt!

Der Giftmüll soll so Tausende Jahre lang sicher liegen. Eine wirkliche Lösung ist das natürlich auch nicht. Das Problem ist nur auf nachfolgende Generationen verschoben – was eigentlich total unfair und ungerecht ist. **Die Hoffnung ist, dass irgendwer in der Zukunft eine Lösung dafür findet. Vielleicht ja sogar du?**

Keine Lösung ist übrigens leider: in den Weltraum schießen.

Denn auch wenn es im ersten Moment praktisch erscheint, den Müll in einer Rakete auf Nimmerwiedersehen zu verabschieden, wäre das viel zu gefährlich, weil 2 % der unbemannten Raketenstarts misslingen – was jetzt erst einmal nicht viel klingt, aber eben immer noch viel zu viel ist.

Eine einzige explodierte Rakete mit Sondermüll an Bord würde in der Atmosphäre und damit auch bei uns verheerenden Schaden anrichten. Überhaupt würden sich die Außerirdischen wahrscheinlich bedanken, wenn sie plötzlich auch noch unseren Sondermüll um die Ohren geschossen bekommen würden. Im All fliegt sowieso schon genügend Abfall von uns durch die Gegend, der sogenannte Weltraumschrott.

Guckt mal, so sah unsere Erde noch in den 60er-Jahren aus:

Und so heute:

Seit dem ersten Raketenstart 1957 in Russland sind bis heute Tausende Satelliten in die Erdumlaufbahn geschossen worden. Das ist auf der einen Seite natürlich cool, weil wir dank ihnen schnelle Telefonverbindungen, Internet oder Navigationssysteme haben. Leider haben die Weltraumorganisationen aber bisher immer ihren Müll, zum Beispiel leere Treibstofftanks, oben gelassen. Und dort kreisen sie jetzt auf der Umlaufbahn neben den ganzen veralteten, ausrangierten Satelliten und unzähligen Kleinteilen herrenlos umher.

Inzwischen wird es da sogar so eng, dass es immer wieder zu Unfällen zwischen funktionierenden Satelliten und irgendwelchen Müllteilen kommt. Die Satelliten gehen dadurch kaputt und werden unbrauchbar. **Der Weltraumschrott produziert damit noch mehr Weltraumschrott. Totaler Schrott also.**

Immerhin haben aber die führenden Nationen das Problem erkannt und arbeiten an Lösungen. Die europäische Weltraumkommission ESA hat sogar eine erste Müllabfuhr-Mission für das Jahr 2025 angekündigt, bei der erstmals umherfliegender Weltraumschrott wieder eingefangen werden soll.

Ihr merkt aber – egal, ob Plastik, Weltraumschrott, Sonder- oder Sonst-irgendwas-Müll: Wir Menschen sind im Müllproduzieren echt gut. Leider. Wenn wir alles zusammenzählen, was wir im Jahr wegwerfen, kommt da ein unvorstellbar großer Berg raus: **über 400 Millionen Tonnen Abfall!**

Das sind 400 000 000 000 kg jedes Jahr!

Und das allein in Deutschland! Also durchschnittlich ungefähr 1,5 kg Müll jeden Tag von jedem. Von dir, mir, deinem Papa – von jedem! Da fragt man sich ja automatisch:

Was um alles in der Welt passiert denn mit dem ganzen Zeug?

Das check ich für euch!

Checker FRAGE

Was ist Recycling?

Früher hat man noch gar nicht so richtig auf dem Schirm gehabt, dass Müll einmal zum Problem werden könnte. Da war einfach nur wichtig, all die Abfälle irgendwie zu beseitigen. Also wurden sie gesammelt und auf Deponien abgeladen, auch Müllkippe genannt. Dort gammelten sie vor sich hin und verrotteten langsam. **So sind an vielen Orten sogar ganze Berge entstanden,** denen man heute nicht mehr ansieht, was ihr Ursprung war.

Heutzutage soll dagegen auf Deponien möglichst gar kein Abfall mehr gelagert werden, denn man hat erkannt, dass Müll ganz und gar nicht wertlos ist. Im Gegenteil: Müll gilt als wertvoller Rohstoff, den man wiederverwerten kann, zum Beispiel leere Kunststoff-Getränkeflaschen.

Die bestehen meist aus dem Kunststoff PET. Das ist eine Abkürzung für Polyethylenterephthalat – kein Wunder, dass das PET abgekürzt wird, oder? Dieser Kunststoff jedenfalls ist in kaltem Zustand superstabil und hält 'ne Menge aus. Erhitzt man ihn aber auf über 250 Grad, wird er flüssig, und man kann ihn in fast jede Form bringen: zum Beispiel in eine neue Flasche.

Wenn man etwas Altes benutzt, um daraus etwas Neues herzustellen, nennt man das Recycling. „Cycle" kommt aus dem Englischen und bedeutet „Kreis", die Silbe „Re" steht für „wieder". Also etwas wieder in einen Kreislauf bringen.

Recycling funktioniert für viele Sachen ziemlich gut: Bei Metall und Plastik und vor allem bei Papier und Glas. Bei Papier liegt die Wiederverarbeitung bei 80 % und bei Glasverpackungen bei 60 %. Und bei grünen Glasflaschen sogar noch mehr: 9 von 10 dieser Flaschen werden aus Altglas hergestellt!

Cool, oder?

Recycling hat also nicht nur den Vorteil, dass wir weniger Müll produzieren, sondern auch weniger natürliche Rohstoffe verbrauchen. Denn wenn man beispielsweise aus altem Papier Neues herstellen kann, muss man schon keinen Baum dafür fällen. **Recycling schont also gleich mehrfach die Umwelt.**

FRAGE gecheckt!

Leider ist Recycling bei vielen Dingen nicht so einfach, weil die Rohstoffe miteinander vermischt oder – miteinander verbaut sind. Ein Handy besteht beispielsweise aus über 60 verschiedenen Stoffen, darunter auch kleinste Mengen an seltenen, begehrten Rohstoffen wie Silber, Gold, Palladium oder Tantal. **Schätzungsweise liegen in Deutschland zwei Tonnen Gold in Form von alten Handys ungenutzt in der Schublade herum.**

Krass, oder?

Allerdings ist es superaufwendig und megateuer, die ganzen Teile wieder auseinanderzukriegen und zu sortieren. Denn nur mit einzelnen Rohstoffen funktioniert Recycling. Ist ja auch klar irgendwie, aus Plastik lässt sich nun mal kein Metall machen.

Und weil das so aufwendig ist, sollten wir grundsätzlich Müll vermeiden und auch nicht ständig Neues kaufen. Und wir können mithelfen, dass es für die Menschen in den Mülldeponien so einfach wie möglich wird, den Müll zu sortieren: durch sogenannte **Mülltrennung**. Das kennt ihr von zu Hause, oder? Man sortiert den Müll quasi schon vor. Ist eigentlich kinderleicht. Also wirklich jetzt im Wortsinn. Mein Job als Kind zu Hause war es zumindest immer, die leeren Flaschen zum Container zu bringen: Glas fliegt in den Glascontainer, das war damals schon glasklar.

Heutzutage gibt es ganz viele verschiedene Tonnen: schwarz, gelb, blau, grün, in manchen Gegenden sogar orange.

WAS KOMMT IN WELCHE TONNE?

In welche Tonne kommen Restmüll, Papiermüll und Verpackung?

LÖSUNG:

Restmüll fliegt in die schwarze Tonne. Das sind Abfälle, die nicht wiederverwertet werden können. Dieser Müll wird meist verbrannt.

Die blaue Tonne (in manchen Gegenden auch grün) ist für unbeschichtetes Papier. Ausnahme: Es ist total dreckig, wie zum Beispiel ein verschmierter Pizza-Karton.

In der gelben Tonne oder dem Gelben Sack sind Plastik, Metalle und Kunststoffe richtig aufgehoben: Alle Verpackungen und wiederverwertbaren Stoffe, die mit dem sogenannten „Grünen Punkt" gekennzeichnet sind, gehören da rein.

Für den Bio-Müll, also Gartenabschnitte, Obstschalen oder Gemüsereste, gibt es noch die braune Tonne. In manchen Gegenden ist diese Tonne auch grün. Mit dem Bio-Abfall wird oft in speziellen Anlagen Kompost oder Humus hergestellt.

Kompost ist superguter Dünger, der einfach nur aus Pflanzenabfall hergestellt wird. Also total natürlich und komplett umweltfreundlich – und das Beste daran ist: Man kann ihn auch zu Hause bei sich im Garten herstellen. Dauert nur ein bisschen länger als in der Kompostierungsanlage.

Wie das geht?
Das check ich für euch!

Checker FRAGE?

Wie macht man Kompost?

Um das zu checken, habe ich meinen Bio-Müll geschnappt und mich mit Hannes getroffen. Er hat nämlich einen sogenannten Komposthaufen im Garten. Guckt mal, so sieht der aus.

Zuerst haben wir meinen Müll sortiert, denn auf den Komposthaufen darf wirklich nur natürlicher Abfall, der schnell verrottet:

Dieser sogenannte organische Müll wandert dann auf den Haufen, und dann muss man einfach nur warten, bis der Müll verrottet, also in seine einzelnen Bestandteile zerlegt wird. Verantwortlich dafür sind die sogenannten Komposttierchen, also Tausendfüßler, Asseln, Springschwänze, Regenwürmer, aber auch Pilze, Bakterien und andere Mikroben, die den Komposthaufen schön warm und gemütlich für die Tierchen halten.

Die Komposttierchen fühlen sich in so einem Komposthaufen richtig wohl. Der ist wie ein Schlaraffenland für sie, wie eine riesige Speisekammer. Die Komposttierchen fressen das ganze Material, scheiden es wieder aus und wandeln es so um in sogenannten Humus.

Und so sieht das am Ende aus: links Bio-Müll, rechts Humus.

Dieser ganze Prozess dauert ungefähr ein Jahr – aber das Warten lohnt sich, denn Humus ist voller Nährstoffe, die Pflanzen zum Wachsen brauchen, und deswegen ein super Dünger.

Damit man diesen Humus aus dem Komposthaufen auch verwenden kann, muss man ihn erst einmal sieben.

Im Anschluss wird dieser gesiebte Humus mit normaler Erde vermischt. Wenn man jetzt eine Pflanze in dieses Gemisch einsetzt, kann sie die Nährstoffe aus dem Humus ziehen. Sie ist also bestens versorgt und wird von nun an fröhlich wachsen – vorausgesetzt, man vergisst nicht sie zu gießen.

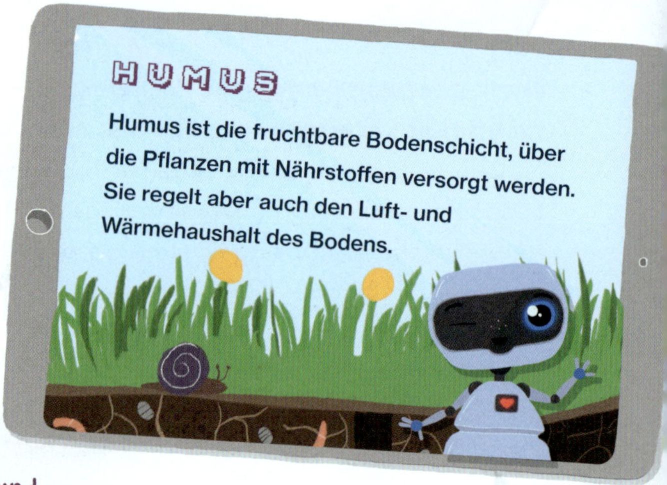

Wenn die Pflanze dann irgendwann alt ist und abstirbt, landet sie selbst wieder auf dem Kompost – und verhilft damit neuen Pflanzen zum Leben. Cool, oder?

Also echt eine runde Sache, so ein Kompost.

Man kann Müll aber auch noch auf eine völlig andere Art wiederverwerten: durch Kunst. Auf der ganzen Welt gibt es Künstler, die wunderbare Skulpturen aus Dingen erschaffen, die die Welt scheinbar nicht mehr braucht. Der Amerikaner Christopher Fennell zum Beispiel mit seiner Welle aus alten Booten.

Sieht toll aus, oder?
Der deutsche Künstler HA Schult hat sogar ein ganzes Schrottvolk aus alten Dosen erschaffen. 1000 mannsgroße Figuren hat er um die ganze Welt geschickt, so wie hier nach Ägypten, um auf das Müllproblem der Welt aufmerksam zu machen.

Aber anstatt Kunst kann man auch ganz normale Alltagsgegenstände herstellen, so wie diese Hocker, die aus Waschmaschinentrommeln gemacht wurden. Zum Wegschmeißen viel zu schade, oder?

Na, schon selbst Lust darauf bekommen, euren Mülleimer zu durchwühlen und etwas zu basteln?

Prima! Denn jetzt kommt der Mitmach-Check!

GELDBÖRSE AUS MÜLL

MITMACH-CHECK

Müll wiederzuverwenden schont nicht nur die Umwelt, sondern spart meistens auch Geld.

Und das muss ja irgendwohin, wie praktisch, dass ihr euch aus Müll gleich einen Geldbeutel basteln könnt!

DU BRAUCHST

- einen leeren, ausgespülten Saft- oder Milchkarton
- 10 cm selbstklebendes Klettband
- eine Schere
- einen Tacker

UND SO GEHT'S

1. Schneidet die Oberseite und den Boden ab. Begradigt die Schnittkanten und wischt die Innenseiten trocken.
2. Die zwei gegenüberliegenden Seiten des Kartons nach innen falten, sodass die Vorderseite außen liegt. Drückt die Packung dann flach zusammen.
3. Das untere Drittel nach oben zur Mitte knicken. Das werden die Geldfächer. Von oben macht ihr genau dasselbe, das wird dann die Deckelklappe.
4. Schneidet die Deckelklappe entlang der hinteren Falten auf beiden Seiten ein – bis zum Knick.
5. Schneidet nun den inneren Teil der Deckelklappe entlang des Knicks ab.
6. Jetzt habt ihr vier Geldfächer. Heftet mit dem Tacker die beiden mittleren Fächer zusammen.
7. Wenn ihr die Ecken eurer Klappe abrundet, sieht der Geldbeutel noch schöner aus.
8. Zuletzt macht ihr den Verschluss, damit auch kein Cent verloren geht: Klebt die eine Seite des Klettbandes in die Deckelklappe, das Gegenstück passgenau auf das äußere Fach.

Fertig. Cool, oder?

1.

2.

3.

4.

5.

6.

7.

8.

ENERGIE

Vielleicht fragt ihr euch, was das überhaupt im Umwelt-Check zu suchen hat: Energie.

Der Begriff Energie kommt aus dem Griechischen und bedeutet so viel wie „wirkende Kraft“. Es gibt verschiedene Arten von Energie, denn ohne sie geht schlicht und ergreifend gar nix. Sie ist die Grundvoraussetzung, um etwas zu bewegen, Wärme abzugeben oder zum Beispiel auch um Strom zu erzeugen.

Wenn du mal überlegst, was allein bei dir zu Hause zum Beispiel alles mit elektrischer Energie, also Strom, funktioniert, merkst du schnell, dass da ’ne ganze Menge verbraucht wird.

Diese elektrische Energie kommt natürlich aber nicht einfach so aus der Steckdose, sondern muss erzeugt werden. Und damit sind wir direkt beim Thema Umwelt, denn die spielt dabei die Hauptrolle: Egal, auf welche Art wir Energie erzeugen, wir nutzen dafür immer die Umwelt.

In Deutschland wird ungefähr die Hälfte unseres Energiebedarfs noch aus **fossilen Brennstoffen** erzeugt.

Was das ist?
Das check ich für euch!

Checker FRAGE

Was sind fossile Brennstoffe?

Fossilien sind die versteinerten Überreste von Pflanzen oder Tieren, die vor unglaublich langer Zeit gelebt haben, kennt ihr ja vielleicht. Nehmen wir mal als Beispiel einen Fisch, der vor 150 Millionen Jahren im Ur-Meer gestorben und zu Boden gesunken ist. Mit der Zeit legten sich immer mehr Schlammschichten über den Körper. So blieben Knochen und Zähne einfach erhalten. Innerhalb vieler Millionen Jahre trocknete dann das Meer aus, worauf die Schlammschichten und auch das Skelett des Fisches versteinerten.

Wenn allerdings in den Schlammschichten noch ein wenig Sauerstoff vorhanden war, konnte sich sogenannter Faulschlamm bilden, der sich in der Folge in Erdöl und Erdgas verwandelt hat. Diese fossilen Brennstoffe stammen also, wie Versteinerungen, aus der Vorzeit und sind vor Millionen von Jahren entstanden. Zu den fossilen Brennstoffen zählt man **Kohle, Erdöl und Erdgas.**

Damit man aus diesen Rohstoffen Energie erzeugen kann, muss man sie erst aus der Erde holen. Das ist zum Teil superaufwendig: Erdöl wird mit riesigen Maschinen kilometertief aus der Erde hochgepumpt und Kohle mit gigantischen Baggern meist unterirdisch aus Stollen gebohrt und gehackt.

UNTER TAGE – ÜBER TAGE

Steinkohle wird unterirdisch in Stollen abgebaut, das nennt man in der Fachsprache „unter Tage“. Der Braunkohle-Abbau findet an der Oberfläche statt, also „über Tage“. Dabei wird durch riesige Ausgrabungen das Kohlevorkommen zugänglich gemacht.

Anschließend werden in Dampfkraftwerken die fossilen Energieträger, also Kohle, Erdgas oder Erdöl, verbrannt. Der dabei entstehende Dampf treibt Turbinen an und ein Generator wandelt anschließend die mechanische Energie der Turbinen in elektrische Energie, also Strom um.

Das funktioniert ein bisschen so wie bei einem Fahrraddynamo. Auch da wird mechanische Energie in elektrische Energie umgewandelt, in diesem Falle in Licht.

Leider hat diese Art der Energiegewinnung gleich mehrere ziemlich große Nachteile: Denn wenn man Erdöl oder Kohle verbrennt, entsteht jede Menge CO_2 – und das ist schädlich fürs Klima, wie wir ja inzwischen wissen, **Stichwort: Klimawandel.**

Ein weiteres großes Problem ist aber auch die Umweltzerstörung. Denn um Kohle-Vorkommen abzubauen, sind riesige Gebiete notwendig, auf denen dann die Fabriken und Maschinen stehen. Dabei wird leider keine Rücksicht auf die Natur genommen und damit der Lebensraum unzähliger Pflanzen und Tiere auf Dauer zerstört.

Auch die Förderung von Erdöl ist gefährlich – das weiß die Welt spätestens seit der Explosion auf einer Ölplattform im Golf von Mexiko im Jahr 2010. Monatelang konnte das aus dem Bohrloch ins Meer strömende Öl nicht gestoppt werden und hat die dortigen Küsten, das Meer sowie die Tier- und Pflanzenwelt auf Jahre hin vergiftet.

Der größte Haken an der Sache ist jedoch: Auch wenn wir Menschen gerne so tun, sind fossile Brennstoffe nicht unendlich verfügbar.

FRAGE gecheckt!

Was vor 100 Jahren noch wie ein riesiger, unerschöpflicher Vorrat wirkte, ist inzwischen fast aufgebraucht. Die Welt verbraucht einfach viel zu schnell viel zu viel Energie – und wenn wir weiter so machen, ist bald nix mehr an Erdöl und Kohle da! **Deshalb ist es so wichtig, dass wir Energie sparen, aber auch nach anderen Möglichkeiten suchen, wie wir Energie erzeugen.**

Weil das zusammen einfach viel zu viele Probleme sind, hat Deutschland beschlossen, komplett aus der Kohleförderung auszusteigen und bis spätestens 2038 alle Kraftwerke zu schließen.

Eine Möglichkeit sehr viel Energie ohne schädliche Treibhausgase zu gewinnen, ist Atomenergie. Trotzdem halten viele Menschen sie für ein großes Problem für die Umwelt.

Wieso?

Das check ich für euch!

Was ist Atomenergie?

Ein Atom ist ein winzig kleines Teilchen, aus dem einfach alles besteht: jeder Mensch, jedes Tier, jedes Material, sogar die Luft! Atome selbst haben im Grunde zwei Bestandteile: einen Kern, der sich aus noch kleineren Teilchen zusammensetzt, den **Protonen** und **Neutronen**, und eine Art „wabernde Hülle", die aus ganz schnell umherfliegenden Teilchen besteht, den sogenannten **Elektronen**.

Diese Protonen und Neutronen im Kern kleben eigentlich ganz fest zusammen – aber sie können mithilfe einer bestimmten Technik voneinander getrennt werden.

Dieses Trennen von Protonen und Neutronen nennt sich Kernspaltung und dabei wird eine ungeheure Energie freigesetzt. In Atomkraftwerken wird dafür meist der Kern des Schwermetalls „Uran" gespalten. Das Prinzip ist dabei ganz ähnlich wie beim Kohlekraftwerk. Die enorme Hitze, die bei der Kernspaltung freigesetzt wird, muss runtergekühlt werden, wofür man Unmengen Wasser braucht. Das Wasser verdampft dabei und der Dampf treibt einen Generator an.

Guckt mal, so sieht ein Atomkraftwerk aus. Seht ihr den weißen Rauch aus dem dicken Schornstein qualmen? Das ist gar kein Rauch – und auch kein Schornstein! Das ist der Wasserdampf, der aus einem Kühlturm aufsteigt. Der große Vorteil von Atomenergie ist also, dass man wahnsinnig viel Energie gewinnen kann und es keinerlei CO2-Ausstoß gibt.

Alles super also?

Leider nein, denn klimafreundlich heißt leider nicht umweltfreundlich. Auch bei Atomstrom gibt es ein paar krasse Nachteile.

Das größte Problem ist, dass bei der Kernspaltung nicht nur Hitze entsteht, sondern auch radioaktive Strahlung. Die ist für alles Leben auf unserem Planeten äußerst gefährlich und würde zum Beispiel tödliche Krankheiten auslösen.

Viele Menschen haben deswegen Angst vor einem Unfall in einem Atomkraftwerk. Wenn so etwas passiert, nennt man das einen **Super-GAU**. Das ist eine Abkürzung für „Größter Anzunehmender Unfall".

Und so ein Super-GAU ist leider schon einige Male passiert. 1979 in Harrisburg (USA), 1986 in Tschernobyl in der heutigen Ukraine und zuletzt 2011 im japanischen Fukushima. Tausende Menschen starben aufgrund der radioaktiven Strahlung und riesige Gebiete um die Atomkraftwerke herum sind bis heute teilweise nicht betretbar!

Krass, oder?

Aber selbst ohne diese Unfälle gibt es ein schwerwiegendes Problem: nämlich den Müll, der bei der Kernspaltung entsteht. Der ist auch radioaktiv – und bis heute haben wir keine Ahnung, wo wir den lagern sollen.

Und was machen wir Menschen, wenn wir nicht wissen, wohin mit unserem supergefährlichen Müll? Richtig, wir vergraben ihn einfach in einer Sondermülldeponie und hoffen auf bessere Zeiten. Das war zumindest vor gut 40 Jahren einmal die Idee.

Unser Atommüll sollte damals in einem Salzstock in Gorleben vergraben werden. Gorleben liegt in Niedersachsen, zwischen Hamburg und Berlin. Allerdings ist das nie passiert. Sehr viele Leute haben dagegen protestiert, und schließlich hat sich nach jahrelanger Prüfung tatsächlich herausgestellt, dass der Ort für eine Jahrtausende andauernde Lagerung ungeeignet ist. Die Suche musste von Neuem beginnen – und dauert immer noch an!

Tatsächlich haben wir bis heute keinen Ort gefunden, der sicher genug wäre, den Atommüll aufzubewahren, sodass nicht irgendwann die radioaktiven Stoffe in die Umwelt gelangen. Wenn das passiert, wäre sie für Hunderttausende Jahre vergiftet.

Also ruht der Atommüll solange in sogenannten Zwischenlagern. Das sind riesige Hallen mit dicken Wänden aus Stahlbeton, die in der Nähe der Atomkraftwerke stehen. Zumindest ist der Giftmüll da sicher und kann erst einmal keinen größeren Schaden anrichten, bis eine Lösung für das Problem gefunden wird.

FRAGE gecheckt!

Atomenergie hat also viele Vorteile, aber eben auch große Nachteile. Deswegen streiten die Menschen in Deutschland seit geraumer Zeit, wie wir mit der Atomenergie umgehen sollen. Nach dem Unglück in Fukushima im Jahr 2011 hat schließlich die damalige Bundesregierung entschieden, dass es einfach zu gefährlich ist, und deswegen beschlossen, dass Deutschland auf Atomenergie ab dem Jahr 2022 ganz verzichtet.

Denn zum Glück gibt es auch Alternativen, die bedeutend ungefährlicher und umweltschonender sind: sogenannte erneuerbare Energien.

Erneuerbare Energien lassen sich also nicht aufbrauchen wie fossile Brennstoffe oder auch Uran, sondern sind unendlich lange nutzbar. Das klingt schon mal ziemlich gut, oder? Mindestens genauso gut ist, dass bei der Nutzung erneuerbarer Energiequellen viel weniger klimaschädliches Kohlendioxid entsteht, sie also wirklich umweltfreundlich sind.

Um welche Energiequellen geht es dabei? Das check ich für euch!

Checker FRAGE

Was sind erneuerbare Energien?

WASSERENERGIE

Wer schon mal in einem Meer oder Fluss schwimmen war, weiß, dass Wasser eine enorme Kraft hat. Die kann man auch zur Energieerzeugung nutzen.

In einem Wasserkraftwerk fließt gestautes Wasser von einem Fluss durch eine Turbine in einem unterirdischen Kraftwerk. Die Turbine treibt einen Generator an, der den Strom erzeugt. **Mehrere Tausend Liter Wasser fließen da pro Sekunde durch. Krass, oder?**

Die Staumauer von so einem Kraftwerk ist allerdings für Fische ein echtes Hindernis, deswegen werden dort sogenannte Tierwanderhilfen gebaut: **Kleine Umgehungsflüsschen,** die um das Kraftwerk herumführen und mit einer leichten Strömung die Fische anlocken. Auf der anderen Seite der Staumauer kommt das Flüsslein wieder raus. So können die Fische ganz ungestört schwimmen.

WINDENERGIE

Wie Wasser besitzt auch Wind eine starke Kraft, die man nutzen kann. Habt ihr ja vielleicht selbst schon mal bei einem Sturm erlebt.

Die Windkraft versucht man mit riesigen Windrädern zu nutzen. Die sind echt groß, Leute. Über 150m hoch! Vielleicht habt ihr auch schon mal irgendwo eines oder mehrere in der Landschaft herumstehen sehen. Richtig viele davon stehen auf dem offenen Meer, weil dort der Wind heftiger pustet als an Land. Das ist dann ein sogenannter Wind-Park, so wie hier in der Nordsee.

Die Stromerzeugung funktioniert dabei im Grunde wieder wie bei einem Fahrraddynamo. Der Wind treibt die drei Rotorblätter an und im Inneren wird die Bewegung der Rotorblätter in Strom umgewandelt.

Manche Menschen beschweren sich zwar über das Aussehen der riesigen Dinger in der Landschaft, aber Windenergie ist einfach zu wichtig, um sie deswegen nicht zu nutzen: **Von den erneuerbaren Energien liefert die Windkraft inzwischen sogar am meisten Strom.**

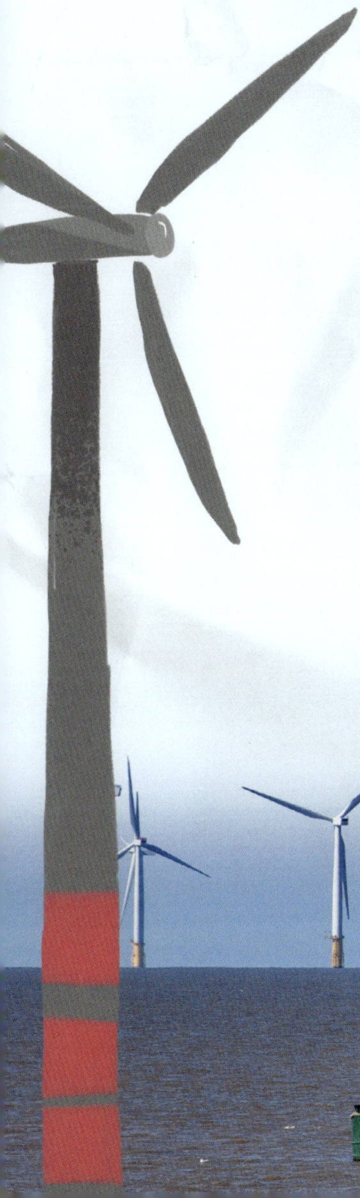

SOLARENERGIE

Das Wort „solar“ kommt aus dem Lateinischen und bedeutet so viel wie „der Sonne zugehörig“.

Es geht bei Solarenergie also um die Sonne. Sie ist die größte, verfügbare Energiequelle für die Menschheit. Sie liefert täglich zigtausendmal mehr Energie als nötig, um den Strombedarf von allen Menschen zu decken. Das ist schon mal megacool. Aber es wird noch besser: **Solarenergie macht keinen Dreck, ist ungefährlich und eigentlich unendlich.**

Nutzen kann man das Sonnenlicht durch sogenannte Fotovoltaik-Anlagen oder auch Solarzellen, die zum Beispiel auf einem Dach montiert sind.

Eine Solarzelle besteht vor allem aus dem chemischen Stoff Silizium. Wenn die Sonne draufscheint, fangen die Elektronen im Silizium an sich zu bewegen. Wenn man nun Leitungen an den Solarzellen anbringt, flitzen die Elektronen da durch – und es entsteht Strom, den ich in das Stromnetz einspeisen kann.

Hier dreht sich also nichts, wir brauchen keinen elektrischen Generator, und CO_2 wird dabei auch nicht produziert. Also echt voll gut!

Wenn es überhaupt etwas Negatives an Sonnenenergie gibt, dann dass sie eben von der Sonne abhängt: Nachts oder im Winter scheint sie nur wenig bzw. gar nicht. Um Sonnenenergie auch beispielsweise nachts nutzen zu können, brauchst du also einen zusätzlichen Speicher.

Man kann die Energie der Sonne aber auch noch anders nutzen, nämlich um thermische Energie, also Wärme zu erzeugen. Dabei wird mithilfe sogenannter Sonnenkollektoren Wasser erhitzt, womit du dann heizen oder duschen kannst.

ERDWÄRME

Der Fachausdruck hierfür ist „geothermische Energie" und diese Form der Energiegewinnung ermöglicht uns auch eine ziemlich umweltschonende Energieversorgung.

Das Coole im Vergleich zur Sonnenergie ist, dass es die Erdwärme immer gibt. Uhrzeit, Jahreszeit, Wetter – alles egal. Bohrt man ein Loch in die Erde, ist das Wasser dort in 400 Meter Tiefe so heiß, dass es gut für Heizungen und warmes Wasser verwendet werden kann.

Und je tiefer man geht, desto heißer wird es. In der Tiefe von 2000 Meter liegen die Temperaturen bei ungefähr 60 bis 80 Grad Celsius und in 5000 Metern herrschen Temperaturen zwischen 150 und 200 Grad – und damit können dann wieder Kraftwerke betrieben werden. Du kannst diese Wärme aber auch zu Hause nutzen.

Dafür wird die Wärme mithilfe sogenannter Erdkollektoren gesammelt und dann mit einer Wärmepumpe in einen Warmwasserspeicher eingespeist, sodass es immer zur Verfügung steht.

Erdwärme wird noch nicht so lange genutzt, deswegen gibt es in Deutschland noch nicht so viele Kraftwerke – aber die Hoffnung ist groß, dass geothermische Energie eine wichtige Rolle im Klimaschutz spielen kann und wird.

BIOGAS

Dass man aus Bioabfällen Kompost herstellen kann, wisst ihr bereits. Man kann aber noch etwas anderes damit machen, nämlich Biogas. Das könnt ihr sogar ganz einfach selbst zu Hause mal testen. Einfach eure Bioabfälle in eine leere Flasche stopfen, etwas Zucker dazu und einen Luftballon auf den Flaschenhals spannen.

Wenn ihr das dann an einen dunklen, warmen Ort stellt, sieht die Flasche nach einer Woche so aus:

Die Bakterien in den Bioabfällen haben durch ihre Verdauung dafür gesorgt, dass sogenanntes Biogas entsteht. Stinkt wie jeder Pups fürchterlich – ist aber nutzbar zur Energiegewinnung: Weil dieses Gas brennbar ist, kann man damit Motoren antreiben. Man kann damit also Auto fahren oder einen Generator betreiben, der wiederum Strom erzeugt.

Leider erzeugt allerdings auch die Herstellung von Biogas das klimaschädliche CO_2. Und wenn auf den Feldern nur noch Pflanzen angebaut werden, um daraus Biogas zu gewinnen, anstatt Nahrungsmittel daraus herzustellen, ist das natürlich unsinnig und schädlich – Stichwort: Monokultur.

FRAGE gecheckt!

Wenn Biogas dagegen nur mit Abfällen aus der Land- und Forstwirtschaft gewonnen wird, also mit Müll, der sowieso natürlich anfällt, ist das eine super Sache.

Ihr seht also, es gibt wirklich viele verschiedene Möglichkeiten, auf umweltfreundliche Art und Weise Energie zu gewinnen. Deswegen hat die Bundesregierung auch beschlossen, dass Deutschland bis zum Jahr 2050 80 % der verbrauchten Energie aus erneuerbaren Energien beziehen soll und wir endlich klimaneutral werden – das heißt, dass wir dann das Klima nicht mehr negativ beeinflussen wollen.

Damit das klappt, können wir alle mithelfen – indem wir zum Beispiel Ökostrom benutzen, aber vor allem auch, indem wir Energie sparen. Öfter mal die Heizung runterdrehen, elektrische Geräte komplett ausschalten, anstatt sie auf Stand-by zu lassen, oder kurze Strecken nicht mit dem Auto zurücklegen, sondern Fahrrad fahren. So können wir nicht nur die Umwelt schonen, sondern sie dabei auch richtig genießen.

ES WERDE LICHT

Du kannst sogar selbst Energie erzeugen: mit deinem eigenen kleinen Ökokraftwerk aus Kartoffeln. Glaubst du nicht?

Dann probier es mal aus!

DU BRAUCHST

- 5 Elektrokabel/Krokodilklemmen
- 1 AA-Batterie
- 4 Zinknägel
- 1 LED-Lämpchen
- 4 Kupfermünzen (1 Cent, 2 Cent oder 5 Cent)
- Glaspapier (Schleifpapier)
- 4 Kartoffeln

UND SO GEHT'S

1. Reibe die Münzen mit Glaspapier gründlich ab.
2. Dann steckst du jeweils eine gereinigte Münze und einen Nagel mit etwas Abstand zueinander in je eine Kartoffel.
3. Verbinde mit einem Krokodilkabel jeweils den Nagel einer Kartoffel mit der Münze einer anderen Kartoffel.
4. Verbinde nun die beiden bleibenden Enden mit der LED. Achte darauf, dass das kleine Beinchen der LED mit dem Zinknagel und das lange Beinchen mit der Kupfermünze verbunden ist.

Und siehe da: Die LED leuchtet! Verrückt, oder?

Falls es nicht gleich klappt: Check noch einmal alle Verbindungen, oder rubbele noch einmal mit dem Glaspapier über die Münzen, vielleicht hast du das vorher zu wenig gemacht.

Viel Spaß!

SO, LEUTE!

Das war es leider schon wieder mit dem großen Umwelt-Check. Ich hoffe, euch hat es genau so viel Spaß gemacht wie Roberta und mir. Unsere Umwelt und wie sie funktioniert, ist schon total abgefahren, oder?

Ich meine, wie cool sind eigentlich Bäume, dass sie uns alle mit Luft versorgen, indem sie unser giftiges CO_2 umwandeln? Dass es überhaupt so etwas wie Kohlenstoffdioxid gibt? Oder dass wir alle aus winzig kleinen Atomen bestehen? Verrückt, oder?

Mir hat das jedenfalls noch einmal bewusst gemacht, wie wertvoll und kostbar unsere Umwelt ist – und wie achtlos wir Menschen die meiste Zeit mit ihr umgehen!

Höchste Zeit, das zu ändern.

Also, Buch zu und nix wie raus zum Müllsammeln in die Natur! Oder auch einfach ein bisschen Fahrrad fahren, einen der Mitmach-Checks ausprobieren oder mit Freunden spielen. Ist auch okay.

Checkt doch mal die anderen Bücher oder auch die Hörspiele mit ihren spannenden Geschichten, coolen Experten und Expertinnen – und natürlich auch mit Roberta und mir. Vielleicht ist ja was für euch dabei.

Macht's gut und bis bald.

Ich freu mich drauf!

Euer

CHECKER-TOBI-SUPERGLEITER

Die umweltschonendste Art des Fliegens ist immer noch ein Flug mit diesem coolen PAPIERFLIEGER!

Schneide die rechte Seite an der gestrichelten Linie aus und falte sie wie angegeben – dann heißt es: Ready for take-off!

Viel Spaß und guten Flug,
euer Kapitän Tobi!

© Hans-Florian Hopfner

Tobias Krell, geboren 1986 in Mainz, absolvierte sein Masterstudium an der Filmuniversität „Konrad Wolf" in Potsdam-Babelsberg und stand als Reporter und Filmkritiker von 2008–2014 für DASDING.tv, dem jungen Programm des SWR, vor der Kamera. 2012 setzte er sich im Checker-Casting gegen 160 Mitbewerber durch. Seither hat er weit mehr als 150 Folgen „Checker Tobi" sowie diverse Sondersendungen und Spin-offs gedreht. Für seine Arbeit als Moderator wurde er u. a. mit dem Nachwuchsförderpreis des Bayerischen Fernsehpreises ausgezeichnet (2016) und war für den Grimme-Preis nominiert (2017). Ebenfalls sehr erfolgreich lief sein Dokumentar-Kinderfilm „Checker Tobi und das Geheimnis des Planeten" 2019 in den Kinos.

© uebelmitgespielt

Gregor Eisenbeiß schreibt sich seit seinem Diplom 2009 an der Filmakademie Baden-Württemberg (Drehbuch) vielfältig durch die deutsche Medienlandschaft: Kino („Blacktape"), Serien für Kinder („Tiere bis unters Dach", „Die Muskeltiere") oder für Erwachsene („Alle Jahre wieder", „Im Knast", diverse Krimis) gehören genauso zu seinem Repertoire wie preisgekrönte Werbung („Tasty Tasches"). Dafür wurde er inzwischen mehrfach ausgezeichnet, u. a. mit dem Baumhaus/Boje-Medienpreis der Akademie für Kindermedien oder dem German Design Award (Gold) der Bundesrepublik Deutschland.

© Hans-Florian Hopfner

Carolin Flammang absolvierte nach einem Studium der Kunst- und Theatergeschichte an der Ludwig-Maximilians-Universität München eine Ausbildung zur Kommunikationsdesignerin. Seitdem lebt und arbeitet sie als Grafikdesignerin, Motion-Designerin und Illustratorin in München. Zu „Checker Tobi" hat Carolin einen ganz besonderen Bezug. Sie ist bereits seit einigen Jahren für die Illustrationen und Animationen in der Wissenssendung verantwortlich.

Checker Tobi

Der große Digital-Check: Smartphone, Internet, Social Media – Das check ich für euch!

112 Seiten, ISBN: 978-3-570-17856-0

Wie funktioniert eigentlich das Internet? Wie bekommt das Handy Netz? Und warum sehen auf Instagram immer alle Leute so perfekt aus? Ständig sind wir umgeben von Digitalem. Aber was wissen wir eigentlich darüber? Checker Tobi stellt die Checkerfragen, die Kinder interessieren. Er spricht mit Experten und lässt sich die Welt des Digitalen erklären. Mit vielen Fotos aus den Sendungen, Illustrationen und coolen Mitmach-Checks.
Die neue Kindersachbuchreihe um den beliebten TV-Star Checker Tobi

8423

cbj

www.cbj-verlag.de

Checker Tobi

Der große Gesundheits-Check: Viren, Fitness, Vitamine – Das check ich für euch!

112 Seiten, ISBN 978-3-570-17885-0

Wie wachsen Knochen wieder zusammen? Warum braucht der Körper Licht? Und warum tut uns zu viel Zucker nicht gut? Gesundheit ist das Wichtigste im Leben, sagen viele. Aber was gehört eigentlich alles zum Gesundsein und was wissen wir darüber?

Checker Tobi stellt die Checkerfragen, die Kinder interessieren. Er spricht mit Experten und lässt sich erklären, was überhaupt gesund ist und dass Pupsen auch dazu gehört. Mit vielen Fotos aus den Sendungen, Illustrationen und tollen Mitmach-Checks.

Die Kindersachbuchreihe um den beliebten TV-Star Checker Tobi

8430

cbj

www.cbj-verlag.de

MIX
Papier | Fördert gute Waldnutzung
FSC® C010328

Penguin Random House Verlagsgruppe
FSC® N001967

4. Auflage

in der Penguin Random House Verlagsgruppe GmbH,
Neumarkter Str. 28, 81673 München
produktsicherheit@penguinrandomhouse.de
(Vorstehende Angaben sind zugleich Pflichtinformationen nach GPSR)

Umschlaggestaltung und Layout: Kathrin Schüler
Umschlag- und Innenillustrationen: Carolin Flammang / megaherz
Umschlagfoto: Hans-Florian Hopfner / megaherz
Bildredaktion: Tanja Zielezniak
Text: Gregor Eisenbeiß
TP · Herstellung: AJ
Satz: Kathrin Schüler, Berlin
Reproduktion: Lorenz+Zeller GmbH, Inning a. A.
Druck: Alföldi Nyomda Zrt., Debrecen
ISBN 978-3-570-17884-3
Printed in Hungary

www.cbj-verlag.de

Quellen- und Bildverzeichnis

Aus folgenden Checker-Tobi-Folgen wurde Material verwendet:
Sand-Check, Klima-Check, Raumfahrt-Check, Wind-Check, Wald-Check, Stahl-Check, Trinkwasser-Check, Piraten-Check, Plastik-Check, THW-Check, Baustellen-Check, Brot-Check, Mist-Check, Frühlings-Check, Recycling-Check, Handy-Check, Müll-Check, Licht-Check, Dino-Check, Gold-Check, Energie-Check, Fluss-Check
alle: © megaherz / Bayerischer Rundfunk

Illustrationen: Carolin Flammang / megaherz

Checker-Tobi-Fotos: Hans-Florian Hopfner / megaherz

Alle weiteren Abbildungen: AdobeStock: 58 re. (ll911); Akg Images: 20 u. li., 87 o. (JOSEF EICHLER); Alamy Stock Photo: 33 u. (Hans Blossey), 36 u. re. (John Peter Photography), 81 o. li. (Leon Werdinger); Getty Images: 20 u. re. (Harald Jakesch / EyeEm), 90 m. (Kyodo News / Kontributor); iStockphoto: 33 o. (hsvrs), 34 o. (milehightraveler), 35 o. (Daniel Stein), 42 u. (Abrill), 43 (AarStudio), 45 u. li. (apomares), 45 u. re. (tsvibrav), 46 o. (richcarey), 47 (Denes Farkas), 58 li. (dotana), 60 li. (Atelopus), 63 o., 64 re. (fotokostic), 66 u. (knape), 73 o. (Henrik5000), 88 u. (Vadym Plysiuk), 89 u. (freaktalius), 90 o. (RelaxFoto.de), 94 o. (Karl-Friedrich Hohl); Picture Alliance: 61 re. (ASSOCIATED PRESS / Rhein-Erft-Kreis), 72 o. (dpa / Uwe Zucchi), 72 u. (ZB / Jens Kalaene), 81 o. re. (dpa / Gianluca Battista), 81 m. (dpa / epa afp Naamani), 81 u. (Christophe Gateau / dpa / Christophe Gateau), 90 u., 91 o. (dpa / Jens Wolf); Shutterstock.com: 9 (Photo Volcano), 12 (river34), 13 (wanderwithryan), 19 o. (Bilanol), 19 m. (Anton Petrus), 19 u. (Lina Balciunaite), 20 u. li. (goir), 21 re. (B. Melo), 22 m. (Alex Tihonovs), 30/31 (Vichy Deal), 31 o. (Davdeka), 31 m. (Choksawatdikorn), 32 li. (PARALAXIS), 35 m. (Umomos), 36 o. li. (172479380), 36 o. re. (cnikola), 36 u. li. (Chumrit Tejasen), 45 m (pingebat), 46 u. (Pavel L Photo and Video), 48 u. (nitpicker), 49 o. (KPPWC), 51 o. (zedspider), 59 o. (jutamatk), 59 u. (schankz), 60 re. (golf bress), 61 li. (1take1shot), 65 re. (David Moreno Hernandez), 65 li. (Squeeb Creative), 66 o. (Minko Peev), 73 m. (stockt0_o), 73 u. (Andrey VP), 74 (nitpicker), 75 o. (Alba_alioth), 75 u. (sirtravelalot), 76 m. (OSDG), 76 u. (Inna Dodor), 77 u. (JasminkaM), 87 m. (Patrick Daxenbichler), 87 u. (Lukassek), 93 u. (ShaunWilkinson), 94 u. (KhanunHaHa), 95 o. (Dennis van de Water), 96 o. (Animaflora PicsStock); Wikimedia Commons: 88 o. (Unknown authorUnknown author (https://commons.wikimedia.org/wiki/File:Deepwater_Horizon_offshore_drilling_unit_on_fire_2010.jpg), „Deepwater Horizon offshore drilling unit on fire 2010", als gemeinfrei gekennzeichnet, Details auf Wikimedia Commons: https://commons.wikimedia.org/wiki/Template:PD-US)

HEIMKEHR
EREMITAGE